流金岁月系列

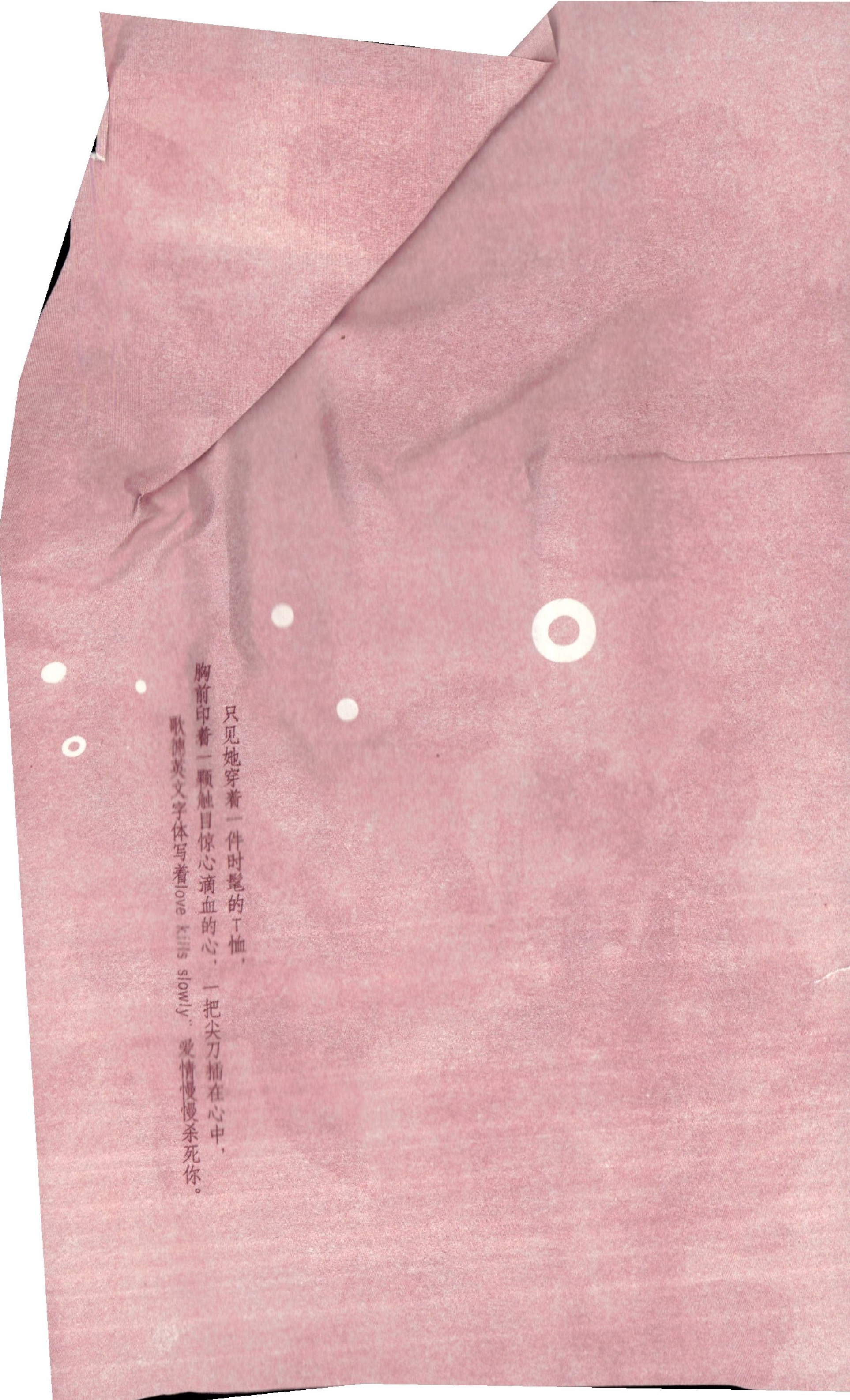

只见她穿着一件时髦的T恤，胸前印着一颗触目惊心滴血的心，一把尖刀插在心中，歌德体英文字体写着love kills slowly”：爱情慢慢杀死你。

# 爱情慢慢杀死你

Aiqing Manman Shasini

亦舒 著

中国妇女出版社

**同期推出** 《你的素心》《有时他们回家》《流金岁月》《禁足》

**即将出版** 《地尽头》《画皮》《不易居》《吻所有女孩》

一间小小房间，没有窗，放着一张三角形桌子，墙上有一只挂钟，秒针不停转动，表示录像从未隔断，这很明显是一间审问室。

录影带中只见一个女子及两名便衣警员坐在桌前。

警员问："刘女士，请问十一月十日晚稍后发生什么事？"

那个面目娟秀身段适中的少妇答："他回来了，喝得很醉，呼喝我，掌掴我，然后，把我的头按到镜子面前，说：'你看看你多丑，只有我这种笨人才会娶你这种丑妇。'这时，我一转身，就把刀子插进他胸膛。"

少妇声音十分平静，就像说"我喝了一杯茶，加三颗糖"一般。

朱礼子听得发呆。

她的姐姐朱礼禾医生说："看下去，还有更意外的事呢。"

礼子浑身寒毛竖起来。

少妇轻轻说："我隔一会儿，见他不再动弹，便通知警方，我松一口气，知道自由了，十分高兴。"

警察说："你承认供词的话，请在这里签字。"

少妇毫不犹疑签名。

女警低声说了几句话。

少妇答："我明白，不必浪费纳税人的金钱上法庭了，我承担一切责任。"

啊，这分明是一个受过教育的女子。

礼禾站起来按熄录影机。

礼子发愣："结果呢？"

礼禾在手提电脑里查阅记录："刘丽嫦，二十七岁，结婚三年，有一子两岁。她受过良好教育，是一名银行经理，警方对此案颇为踌躇。"

"那孩子呢？"

"孩子交给外祖母领养。"

"家庭暴力事件对孩子身心一定有极大影响。"

"那也不应妨碍他成为社会上积极的一分子。"

"他需要比别人坚强。"

"每个人都靠自强。"

"姐，你任警方心理医生日久必定消化不良。"

"有时食不下咽，晚上失眠。"

"你刚才说警方有疑问，何故？"

"正是，请观看这一段录影带。"

礼子用手掩着脸："早知真不该向编辑建议写家暴专辑。"

"你应当随大队去采访为何妇女用来装载杂物的袋子会成为身

份象征，并且售价动辄以万元计。”

姐妹俩都笑了。

礼子说：“鄙报时装版记者得到最新消息：爱玛仕已经截止凯莉袋轮候名单，即是说，他们已拒绝预订，本来五年才可买得到的手袋已经成为绝响。”

礼禾笑得更大声：“那又怎样呢，世上总有比这只手袋更重要的事吧。”

“母亲有好几只这种手袋。”

礼禾欷歔：“可有带给她快乐否，我想不。”

姐妹俩沉默，礼禾再给妹妹看录影带。

这次，是朱礼禾医生与刘丽嫦的部分谈话记录。

朱医生开门见山问：“你与你丈夫，是在大学认识？”

她很平静地回答：“都说在大学找对象万无一失。”

“同学多年，你一点儿也没有发觉他性格上缺憾？”

刘丽嫦答：“他们哪里会叫你看出来。”

“什么时候发觉他真面目？”

“毕业一年后双方找到工作，决定结婚，父母把名下一间公寓给我们暂住，帮我们一把，接着，我怀孕了，他便露出本色，算一算，只得一年多好时光。”

“刘女士——”

“我不明白警方还在查问什么，我已认罪，只待判刑。”

朱医生微笑：“不是你承认一百宗罪行，警方就相信。”

“不相信什么？”

"警方查到圣恩医院有你多次受伤入院记录，还有，幼儿'自床上摔下'，'不小心被香烟烫到'，引致骨折皮烂，这些，都是证据。"

刘丽嫦沉默。

"那些，都是他做的吧，看样子，他不但伤害你的肉体，对你心灵更造成巨大创伤，你已丧失挣扎意志力。"

刘丽嫦仍然不出声。

"判刑多寡，可以造成很大分别，或许，你还来得及看到孩子升读大学，或许，你会错过他的婚礼。"

刘丽嫦轻轻抬起头来。

朱医生缓缓问："他动机是什么，为何虐待你们母子？"

刘丽嫦答："他要我向父母要钱。"

"要来干什么？"

"他说他受够打工生涯，想要一笔本钱，做期货买卖。"

"他岳父母怎么说？"

"我把结婚礼物算一算，筹了五十万给他，被他一个周末全输清。"

"之后呢？"

"要求把公寓转到他名下，父母考虑后只愿赠予我。他日夜逼我按给银行筹取现款。"

"你可有照做？"

"我拒绝，从此之后，他视我为眼中钉，虐打我母子。"

"你可有寻求帮忙？"

“他向我家人借钱，父母叔伯，无一幸免，人人都是债主，这里十万那处五万，结算共百余万。我向他家投诉，他母亲冷冷说：‘媳妇你不是来自有钱人家吗。’”

“你可有想过向组织求助？”

刘丽嫦回答：“我在大学时也做过家庭热线义工。”

“你家人可有指引？”

“他们劝我离婚。”

“你为何不接受忠告？”

“单方面申请离婚需要一段时间，他不愿分居，换句话说，他觉得家庭拖累他，他拒绝负责，但又不肯放弃财源。”

朱医生这时轻轻说：“但，杀人是错的。”

谁知刘丽嫦点头：“是我不对，我应当接受法律制裁，我该作出选择，至少我可以匿藏娘家，或是带着孩子到外国居住一段日子。”她并没有为自己辩护。

她已失去生存意愿。

“政府会替你代聘律师。”

“不用了。”

“你可有想念家人及孩子？”

她答：“死人已没有思想，不后悔也不悲痛。”

朱医生按熄录影机。

礼子说：“这样坏的一个人，应当看得出来。”

礼禾感慨：“婚姻纯粹碰运气，哪一对年轻男女不是相处年余就决定结婚，你看大哥一毕业就娶了陌陌生生的华侨女，连家

长都不在场就匆匆注册，可是大嫂顺风顺水，十年来相安无事，大哥从头到尾包办经济，大嫂上街像英国女皇，手袋不装现款，我从未见过她掏腰包。每次聚餐，大哥不是说‘大妹你付’，就是‘二妹轮到你’，喂，我真想说：你的贤妻也是女人，为什么不叫她付。”

礼子笑：“可见也有幸运的女人。”

“看样子要从大哥第一份薪水用到他最后一份退休金为止。”

“那自然，她没有工作，并无收入。”

“年龄与我们相仿，可是我们要做到六十岁。”

礼子问：“你愿意做她吗？”

“浪费生命。”

“那又何必不服气。”

“你说得对，”礼禾说，“人各有志。讲一讲你的新工作。”

礼子答：“这间光明晨报十分精彩，与一般急就章以震撼版面哗众取宠的报纸不同，编辑与记者分两组，一组做突发，另一组做特写。”

“你被编到专题组？不好做呢。”

“需细说从头，引经据典，即使写一部四驱车，也得从英国路华厂在二次大战因协助蒙哥马利元帅在北非打沙漠之狐隆美尔而制造四驱车说起，一代一代演变，又美国军车悍马号因耗油过度，已不再继续在民间生产，响应环保。”

“你选择写家庭暴力。”

“每三对夫妇有一对会得离婚，百分之六十遇害女性认识凶手，真是惊人数字，我还不是说第三世界嫌妻子嫁妆不足把她烧死另娶的事实。”

礼禾说：“我明日在华南女子中学设讲座，你来旁听吧。”

“关于什么？”

“这点我要卖关子。”

“最近警方频频参与社会活动。”

“旨在教育市民，尤其是小青年，考试八科平均分数九十八，可是走到街上，茫然失措，那有什么用？应当多教街头智慧：怎样谈恋爱选配偶买卖股票投资房产之类，现时军装警察定期到小学教孩子们如何打三个九紧急电话，千叮万嘱，不可与陌生人说话，不可接近陌生车辆，看护到中学讲解性教育，出示各种避孕工具以示防范性病方法……”

礼子想：这些常识，起码同立方根与十四行诗一般重要，校方不应回避。

“朋友女儿在加国长大，说小学第一班已经有医生与警察合作，用玩偶示范，何等样肢体接触属于不恰当行为，我们并非生活在一个完美世界，应趁早预防。”

“家长或许觉得难以启齿。”

朱礼禾医生说：“对我来讲，最难开口只是一件事：叫老板加薪。”

第二天礼子到华南女子中学去听朱医生讲座。

听众出奇的多，坐满大半个礼堂，这是一间校风良好保守女校，校服百年不变，仍是阴丹士蓝布旗袍，铜制小小校徽别在领口，天啊，山中方一日，世上已千年。

女生们开始发育，羞涩地穿一件背心遮住变化中身段，不再挺胸走路，倒不是因为书包太重。

同她们谈性教育，可也真是大难题。

可是朱医生一开口，礼子就佩服不已。

她大方介绍自己，然后，派发讲义，轻声问："各位同学，爱有多少种？"

同学们答不上来。

"有广义的爱，像爱环境、爱动物、爱艺术，还有什么种类的爱？"

一个女生答："父母、兄弟姐妹的爱。"

"是，另外，就是异性的爱了。"

大家脸红红，不敢出声，有人咕咕笑。

朱医生说："异性如果爱惜我们，感觉应当愉快幸福，但是有许多时候，一些人口口声声说爱我们，我们却觉得痛苦伤心，这个时候，就得警惕了。"

女生们耸然动容。

"他有意图控制你吗？限制你与朋友来往，不准你穿某种服饰，监视你，盯紧你——我不是指你的慈母——"

礼子随女生们笑出声来。

"他在言语上可有不尊重你？譬如说你肥胖、愚蠢、不够资格？可有动手打你推你，不一定要造成伤痕，可有掌掴你，扯你头发？这些，都是虐待，有时，只是一个轻蔑眼神，有时，你做什么他都采取相反意见，借此诋毁你，贬低你，他可以做得十分含蓄，但，这也是虐待。”

女生睁大双眼，坐近礼子的一个女孩忽然流泪。

朱医生说下去：“如果你有怀疑，就应疏远此人，不要让他贬低你的自尊心，假使你有踌躇，请与家长详谈，或是与社署热线联络，不要害怕，不要妥协。”

这个三十分钟讲座十分受欢迎，老师上前与朱医生握手。

“听君一席话，胜读十年书。”

朱医生说：“我赞成男女同校，趁早让女生看清楚男性嘴脸，消除一切神秘感，我读男女校，到了高中，男生在暑天脱了鞋袜取凉，臭脚臭袜，我在十五岁之前明白，他们也许是好人，但绝对不是英雄。”

有女生上前怯怯地问：“男朋友是否应当把我们当女神？”

朱医生答：“当然不是——”

礼子注意到那流泪的女生还坐在那里。

她过去问她：“你是第几班的学生？叫什么名字？”

女生答：“我叫陈帼珠，今年毕业。”

礼子细声问：“你有疑问？”

女生不做声。

朱医生走近。

“有什么话说出来舒服些，医生老师都可以帮到你。”

陈帼珠低声说：“刚才朱医生说到虐待的事，我家天天发生，我原先不知那是虐待，我今日——”她泪水涌出。

“谁那样对你？”

“不是我，是我父亲天天那样辱骂母亲：‘你没有一件事做得好’，‘你才中学毕业，你懂什么’，‘你看什么报纸，把页数全部兜乱’，十多年来，我们都习以为常，以为他脾气不好。”

礼子这时轻轻叹口气。

“但父亲不是坏人，他每月交家用，每晚回来吃饭，从不赌博，亦无外遇。”

礼子不出声。

“但是他轻蔑家母，觉得她配不起他，‘你始终没讲好英语，叫你学国画也无结果，别人太太都有专业资格，钟太太趁子女大了竟读得大律师资格，区太太做家具生意，年入百万，你是寄生虫’。”

朱医生气得脸色发青。

“最可怕我们不觉得有何不妥。”

礼子低声问：“他可有动手？”

“从不，他不会打人。”

礼子说：“他的舌头比刀还锐利。”

陈同学落泪：“可怜的母亲，请问，我应该怎么办？”

“你可以与父亲谈一谈。”

陈帼珠说：“我不敢。”

朱医生说：“你外公外婆还在否？”

“已经辞世，我亦无舅姨，我想外人也不方便介入，以家父脾气，倘若知道我在外边诉苦，真会赶走我。”

“你母亲可有反抗？”

“多年来她还觉得他是个好丈夫，她自疚自卑，她没有经济能力，她早婚，从未正式工作。”

朱医生说：“嗯，你或可劝你母亲学习一门功课，培养自尊，丰富生活，每日与你们一起出门，中午回家，还来得及做家务。”

陈同学眼睛亮起来：“学什么？”

“学电脑运用吧，这是不可不学的知识。”

“对，我怎么没想到。”

“然后，学习网上购物，买卖股票、阅读、绘画，甚至会计，亦可同时温习英语。”

“我明白了，我这就与母亲说：首先，要强身健体，才能应付外侮。”陈同学十分兴奋。

朱医生点点头：“不要与父亲对抗，当他发脾气之际，拉开母亲。”

“明白。”陈同学十分感激。

朱医生说：“这是社区中心各种学习班的电话及地址，请鼓励她振作。”

稍后，朱医生收拾纸笔与妹妹离去。

礼子困惑：“为什么陈太太多年忍受侮辱？”

“她没有经济能力，无处可去，那总是一个家，提供三餐一宿，况且，她有子女。”

“如此说来，经济不能独立，是妇女受虐的罪魁祸首。”

“那又不是，许多富裕太太亦默默接受丈夫冶游恶习，你看我们母亲就知道了，娘家有能力，自身有学历，可是一直没有提出离婚。”

“那是为着我们姐妹。”

礼禾说：“你感激她吗？我不，我与你自幼在外寄宿，假期多半在欧陆度过，根本与她很少见面，她无须为我俩牺牲，今日提出分手也还来得及。”

礼子说：“你是唯一鼓励父母离婚的女儿。”

“母亲误会稳定生活即是幸福。”

“每个人都有苦衷，人人一言不合，拍案而起，即时分手，只怕天下大乱。”

“朱礼子，姑息养奸。”

“朱医生，凡事忍耐。”姐妹俩意见略有出入。

“是，刘丽嫦女士终于忍无可忍。”

“她是个极端例子。”

朱医生欷歔：“连你都这么想，母亲对你有不良影响。”

“刘丽嫦一案进展如何？”

“我也在等待结果，我可以介绍律政署的朋友给你，他可以帮你了解案情。”

她们在学校门口道别，礼子返回报馆。

秘书通知她：“他们等你开会。”

就在这个时候，整间新闻室轰动起来：“施本然，施本然。”

礼子抬起头，只见娱乐版编辑神采飞扬地伴着著名男演员施本然走进来。

施小生穿深灰色西服白色衬衫，高大英俊，温文有礼，朝每位同事微笑点头，同事们身不由己一拥而上，要求签名合照。

礼子不禁称赞："竟有这样好看的男子。"

她推门进会议室。

编辑陈大同问："礼子，你的家庭暴力篇可以交卷没有？"

"我已谨记截稿日期。"

"大家可读过昆荣写的都市奇景？"

礼子微笑："精彩绝伦，尤其是'天桥似自屋中穿出'及'公园晾衣服'两段，足可得新闻奖。"

这时秘书进来在老陈耳边说了几句。

他站起来："哎呀，我女儿最喜欢施本然。"他匆匆出去。

礼子笑："明星效应。"

昆荣摇头："本市十大奇景也及不上一张艳星照。"

医药版记者惠明说："真叫人气馁。"

她打开小小录音机，一把歌声传出来："我希望你死得痛苦，我希望你即时窒息，我才不要与你做朋友，我只希望你生命结束，"声音越来越怨毒，"你抛弃我，你错待我，我祝你不久就死亡……"

礼子骇笑："这是什么歌？"

"爽脆直接，是首好歌。"

"怎可这样坦白？"

"不是你死就是我亡，根本就如此，何必虚伪，爱的反面就是恨。"

"你看宝珍身上的图案。"

只见政治专题专家宝珍穿着一件时髦的T恤，胸前印着一颗触目惊心滴血的心，一把尖刀插在心中，歌德英文字体写着“Love Kills Slowly”——爱情慢慢杀死你。

礼子吓一跳：“呵，现今世界四周充满暴力。”

“时装版同事说今年最流行骷髅图案。”

“可怕。”

“我们的皮肉都包着一具具骷髅。”

“喂，不要再说好不好，请以礼义廉耻包装赤裸真相。”

“二十一世纪，实事求是，生物学家说：其实没有爱情这回事，人类与世上其他生物一样，异性相吸，只为着交配繁殖，适者生存是生命唯一任务，后来，人类渐渐文明，忽然添加恋爱一词，以图增值。”

“我也听说过这个理论，完全可靠：我们为什么至今崇尚青春貌美，丰胸盛臀，因为这时年轻女性繁殖能力最强，健美身段最宜生养。”

“人与畜牲没有分别。”

“有些甚至更差。”

“注意，她们又开始诋毁男性了。”

幸亏这时老陈回来，手上还拿着施本然的签名照片：“真人比银幕上所见还英俊，对，我们刚才说到哪里？”

“施本然并不如表面那般可爱，他专门喜欢有点烂挞挞的艳女，绯闻甚多。”

男同事大声说：“我们也喜欢。”

老陈咳嗽一声："说到哪里？"

自报馆出来，礼子回娘家，朱宅是都会罕见的两层独立屋，庭院深深，礼子嫌太静。

秀丽的朱太太走出来，笑说："你倒来了，我等礼禾呢。"

"礼禾有话说？"

"她建议我去电脑班，我去过一次，那里地杂人多，空气浑浊，停车困难，学生大半是少男少女，我学不到任何东西，越听越糊涂。"

礼子温和地说："你没有兴趣。"

"对了，我完全不能集中。"

"可怜的妈妈。"礼子搂住母亲。

"是代沟吧，我只觉头晕眼花。"

"我找人到家里教你。"

"算了，我还是学国画好了。"

朱先生走出来听见揶揄道："你母亲是工笔仕女，怎与电脑荧幕打交道。"

往日礼子打个哈哈算数，今日，她认真起来："你凭什么取笑她，你还不是叫秘书代传电邮，你时时扬言说格林斯潘与李嘉诚肯定都不谙电脑科技。"

朱先生尴尬："这是中小学生的玩意儿。"

礼子还想说话，被她母亲按住。

朱先生瞪了她们母女一眼："我有事出去。"

礼子直问："去什么地方？我们从小到大听见你一声出去，有时两天三夜不回，可是秘书又找得到你。”

“礼子。”母亲出声阻止。

“李翁处有个牌局。”他头也不回地离去。

朱太太责备：“礼子你怎么了？”

礼子甩掉母亲的手，坐下喝杯冰咖啡，气缓缓消了。“今夏热得早。”她说。

朱太太说：“你爸是老式男人，赚钱养家，当然有点淫威。”

礼子说：“多少女子担起半爿天，对里对外都和颜悦色，男人就非得拍台拍凳，耀武扬威，英前首相撒切尔夫人说过：‘讲政治，找男人，办妥政治，要找女人。’”

朱太太练得一身刀枪不入好涵养功夫：“是吗，说得真好。”

礼子借家中舒适书房开始写稿，她母亲一下子端来龙井茶，隔一回又是绿豆糕，唉，不到一小时礼子自觉胖了一圈。

朱母仍然怪心痛：“那么多行业，偏偏做这种绞脑汁工作。”

不一会儿，朱礼禾医生来了，在偏厅与母亲激烈辩论。

礼子放下笔，走出发牢骚：“大作家刚动笔，缪斯便被你们吵走，干什么大声呼喝？”

礼禾生气：“母亲懒惰。”

“只有大人嫌小孩疲懒。”

礼子劝：“不要提高声音，家人不可吵闹。”

礼禾说：“我把同样课程介绍给一位陈太太，人家不知读得多滋味，下课还不愿走。”

朱母生气：“你们老将我比别人。”

礼子代姐姐道歉："快向妈妈低头，别伤和气。"

朱太太忽然沉下面孔："你为我好，我知道，可是你还年轻，你不知就里，你以为我努力去读一个博士课程你父亲会得耽家中？亏你还是心理医生，他嫌我人老珠黄，他又不嫌我没有学问。"

礼禾答："母亲，我只是想你生活中有点调剂。"

她们红了双眼。

礼子劝说："喂，有饭吃有衣穿，一家人又在一起，别淌泪好不好。"

礼禾破涕大笑："礼子永远是难民心态，吃饱已经开心。"

礼子笑："是呀，你看我多易满足，我这名大作家生性俭朴可爱，那是不用讲。"

这时有电话找朱太太，她走开了。

礼子责怪姐姐："人各有志，你怎么了？"

"母亲耽于逸乐。"她痛心疾首。

"她已经一生一世了。"

"胡说，她只不过是人到中年。"

朱太太这时进来："华厦珠宝进了一颗五卡拉粉红钻石，我去看一看即返。"

礼禾与礼子一起按着母亲："倘若你有这笔余钱，请捐给奥比斯飞行眼科医院。"

朱太太抚摸女儿面颊："什么叫做不肖女？即不像母亲的女儿，那是你们俩。"

她施施然离去。

这下子连礼子都顿足："妈妈返老还童。"

"她从小到大都如此无聊。"

礼子叹气："难怪一些老式男人会看不起女性，事实上那一代女性也太不争气；不愿劳动，专喜逸乐，一生一世带着女仆过活，不务正业。"

"一个人叫人看死了，也就真的死了。"

"她不生气，也不赌气，逛半日街搓一夜台湾牌，一天又顺利过去。"

两姐妹徒呼荷荷。

半晌，礼子问："那陈太太喜欢学习？"

"她生性聪颖，由女儿陪着，不到半堂课已经上手。"

"那多好，丰富生活，又有个寄托。"

她俩结伴到附近小馆子吃云吞面。

姐姐问妹妹："找到男朋友没有？"

妹妹摇头："有国际新闻记者某，相当投契，他随大队追着总理出发到北美访问，已一个多月没见面，你呢？"

"有一个检控官，但我不知道他背景，又不想查他。"

"怎样在数月间从陌生人发展到亲密伴侣？"

"我不知道，问一问罗密欧与朱丽叶，他们一夜之间决定抛弃父母私奔。"

"现代人渐渐理智，又见到众多失败例子，十分踌躇。"

礼子称赞："这碗云吞面是极品。"

礼禾附和："我特别欣赏面汤上几片韭黄。"

这时邻座发出龃龉声，“你不会教他，他自然不及格。”一个中年男子弹眼碌睛地教训妻子，“我付不起补习费，你们母子自己想清楚，再不用功，只好做苦力。”

礼禾厌恶地看着那壮年人。

礼子轻轻说：“不要生事。”

“教训老婆孩子，何必到公众地方吵闹。”

“嘘——”

邻桌男子大声说：“愚妇生愚子，我受够了。”

有熟人劝他：“慢慢教啦，别动气。”

那母子一声不响，食不下咽。

壮男更加神气：“白养了你们，早知喂狗。”

礼禾霍一声站起来，礼子连忙付账，拉着姐姐离去。

“我还没吃那碟子油菜。”

“我看你想吃那人耳光。”

“你看看，不过吃人家一口青菜淡饭，便沦落得猪狗不如，人真要自己争气。”

“也许他只是在气头上。”

“我生气，我斩死你，可以吗？”礼禾悻悻然。

“哪家不吵架，也许将来贤伉俪吵得更厉害。”

“真叫人纳罕，他们也曾经相爱过吗？”

“当然，大医生，当他们年轻力壮，精力无限，天真地憧憬战胜出身，可是十多年转瞬过去，发觉生活艰苦辛劳，荆棘处处才渐渐绝望，爱念消失，怨怼顿生。”

礼禾说："你看得十分彻底。"

礼子答："所以看淡男女关系。"

"刘丽嫦一案，明日判决，你应当来听听于启韶大律师结案陈词，她的理据清晰易明，可是含义丰富，感人肺腑，不可多得。"

"你怎么看？"

"我希望看到刘女士无罪释放。"

"姐，这不大可能吧。"

"在心理学上，这叫被虐妻症候，多年受苦，她已失去理智，觉得他们母子生命随时有危险，故自卫杀人。"

礼子沉默："姐，你应放长假休息，我俩去巴西雨林，我还没去过南美。"

"我不想逃避工作。"

"你太紧张，遇事迎头撞上，两败俱伤，不如留前斗后。"

"明天法院见。"

后天就要交稿了。

第二天一早，朱礼子准时抵达三号法庭，只见刘丽嫦坐着低头不语，神情平和，她父母亲抱着幼儿在后座垂泪，各路记者都十分留意这宗案件。

控方律师指摘刘丽嫦是个冷血的杀人凶手：放弃离婚、投诉、出走等途径，她选择了杀人。

于启韶律师这时轻轻站起来。

她皮肤白皙，容貌秀丽，乌黑长发梳在脑后，声音清晰："刘丽嫦走投无路，刘丽嫦受虐多年，已丧失意志力，她只想救助幼儿生命，事发后她没有逃跑，她报警认罪，她因自卫不得不下此策……”

礼子迅速用手提电脑笔记。

“各位看过她受伤记录，一次，她被人飞掷到墙上，撞碎肩骨，又有一次，被重物击头，视网膜脱落，至今右眼视力尚未恢复，她三根肋骨曾经折断，头发遭到扯脱，刘丽嫦是一只活沙包。”

法庭中有人饮泣。

“各位，杀人有罪，自卫无罪，当事人与她的孩子生命十分危险，不设法自卫，她今日不会站在这里。”

那两岁孩子忽然号啕大哭，被请出法庭，但陪审员已耸然动容。

“幼儿伤势更加惊人，在所有罪行之中，伤及儿童，最为卑贱下流，罪无可恕。”

礼禾与礼子交换眼色，知道于律师占了优势。

陈词完毕，法官宣布陪审员退庭商议。

礼子觉得她脚步有点浮。

她赶回报馆写稿子最后一段。

一待宣审，稿件即可刊出。

她把稿件交给编辑老陈。

陈大同读后说：“礼子你擅用简单语言描述复杂故事，井井有条，读者容易理解，而且，浅易句子并不影响你传达深切感情，你的文字十分感动读者。”

“谢谢你老陈。”

“可是这篇文字悲哀得叫人心酸！一对夫妻关系怎会搞到这种

地步，太沉重了，幸亏有其他轻松专题中和。”

礼子沉默。

惠明走近：“副刊需庄谐并重。”

宝珍问：“你猜当事人有罪抑或无罪？”

礼子抬头：“你说呢，你是陪审员会怎么做？”

“所以我最怕有日选中我。”

这时秘书近来说：“礼子电话，法庭打来。”

大家连忙走近听消息，驻法庭记者在电话里说：“陪审员只商议了两个半小时，便宣判刘丽嫦无罪，当庭释放，与孩子团聚。”

大家都松一口气。

“法官例外地吩咐刘丽嫦按时到心理医生处诊治。”

礼子连忙去写报告的结尾。

陈大同说：“把故事放到网页，叫读者投票：有罪抑或无罪。”

礼子不出声，她疲倦地回到自己的小公寓，匆匆沐浴，半晌才发觉水温太烫，皮肤发红，她累极而睡。

梦见一个穿校服的大男孩，走近她，叫她：“朱小姐，你还记得我吗，我叫刘伟明，现在我随母姓了。”

礼子愕然问：“我不认识你，你母亲是我的朋友吗？”

“朱小姐，我是那个孩子呀，你忘记了，刘丽嫦的儿子。”

礼子退后一步，强作镇定：“啊，你这么大了。”

“他们说你最清楚这件事，恳请你详尽告诉我，我父母之间的恩怨。”

“你母亲呢，她还好吗？”

“她只说，早知这么多人同情她，早知这么容易脱身，她应该早些动手。”

礼子大惊：“什么？”

“那天晚上，他醉酒回家，倒地不起。她当时并无生命危险，但是，她已计划良久——”

“胡说！”礼子喝止。

“你怎知道无此可能？”年轻人瞪着朱礼子，“你与陪审员滥用同情心。”

礼子惨叫惊醒，滚下床撞到头。

电话铃不住响，是礼禾声音：“我找了你一夜。”

“我知道裁判结果后一早睡了，由你负责替刘丽嫦诊治？”礼子一边揉着疼痛额头。

“我只负责替警方做心理评估。”

“我们是否过分同情事主？”

“我给你一个地址，你去看过，再决定未迟。”

“那是什么地方？”

“灵恩妇女庇护所。对了，你下个专题写什么？”

“我将申请连写半年，每周一次，彻底讨论家暴问题，并且要叫读者战栗。”

“我赞成，总不能天天请读者吃冰淇淋。”

“我想让年轻女子知道，即使他勉强你改变发型，也是一种不良控制，小心！如果他连这些小事都觉不满，请另觅女友，不要塑造洋娃娃。”

电话挂断，她更衣往灵恩庇护所。

在接待处朱礼子询问："你们可接受捐款？"

接待员答："求之不得，我们都是义工，经费全靠政府少许津贴以及热心人士资助。"

礼子放下一张支票："可以参观一下吗？"

"请跟我来，不要打搅这里的妇孺，有问题你可以直接问我。"

"她们都因家暴暂时留在这里？"

"是，我们帮她们处理生活，替她们找工作，负责托儿，这里一共七个床位，我们希望可以做到二十个床位。"

礼子问："这座小小洋房亦由人捐助？"

"由灵恩教会资助。"

礼子看到年轻憔悴的年轻妇女在进行各种家务活动。

"为什么不到亲友家去？"礼子脱口问。

接待员微笑："朱小姐，去到某种地步，你会发觉，一个人其实不是拥有那么多亲戚朋友，大多数人会劝她们忍耐，况且，伴侣是她们当初自己挑选，咎由自取，不大得人同情。"

礼子吁出一口气。

一个少妇正在帮孩子洗澡，她右眼有一只大大的像熊猫那样的黑眼圈，显然是挨打结果，可是这样吃苦，仍不妨碍她继续生养。

她低头服侍孩子，一声不响。

礼子低声问："有劝她们回家吗？"

那负责人吓一跳，低声说："我们太明白情况不会轻易改善，即使男方寻到此地，求妻子回家，我们也不会赞成，通常是道歉、再犯、道歉、又犯，直至发生惨剧。”

礼子心里发寒。

就在这时，门外有人大声扰攘，那人责骂：“你们挑拨我妻子离家出走，该当何罪，你们鼓励夫妻分手？孩子们怎么办？”

尽管有人拦阻，他还是冲了进来。

那人凶神恶煞，一脸胡子茬，握着拳头，看到少妇与孩子，大声叫：“咏诗，跟我回去。”

少妇把孩子紧紧抱住，躲到礼子身后。

那男子要伸手来推开礼子，礼子大怒：“喂，你手指碰到我寒毛，我都不会放过你！”

那男子退后一步：“咏诗，跟我回去，我错了，我保证以后不会再犯，请再给我一次机会。”

这时有一个孔武有力的年轻人从楼上奔下，沉声对大汉说：“请你即时离去，否则召警。”

那大汉声嘶力竭地喊叫：“咏诗，我错了——”

但是他已经被赶了出去。

礼子诧异，他竟如此戏剧化，没想到殴妻之徒也有这么好的演技。

大汉被轰走，庇护所又静下来。

叫咏诗的少妇仍然紧紧抱着孩子不放。

年轻人伸出手：“王志诚，义务儿科医生，我每周来服务一次。”

“失敬，我是光明晨报记者朱礼子。”

“刚才你很勇敢。”

礼子说："我的心突突跳。"

"我们已司空见惯。"

那年轻人粗眉大眼，十分俊朗，礼子对他有亲切感。

"这么多不幸的女子。"她喃喃说。

王医生不予置评，他采取宣明会慈善态度：不批判，不发表意见，只是尽力援助有需要人士。

他说："我送你出去，怕那男人还在门口等。"

王医生用车载礼子回报馆。

在车上谈了几句，原来他已经三十多小时没有休息，却仍然神清气朗，十分难得。

礼子在报馆处理了一些工作，回家教母亲用电脑做笔记。

她说："看，多方便，一段段写好，可以随意编排安插更改，谁还用打字机。"

母亲啧啧称奇，但是，仍然没有兴趣。

礼子不想勉强母亲，礼禾却刚相反。

礼禾轻轻对妹妹说："那位陈太太已到警署做工作，她帮警方寻找儿童色情网络客户，协助将他们绳之于法。"

"那多好，陈太进步迅速。"

"可不是，陈同学告诉我，她父亲现在比较尊重配偶，因为她有收入有工作，而且，有一班穿军装的同事，他甚至开始关心妻子安危。"

"这是奇迹，"礼子说，"她可打算原谅他？"

"她没有记仇。"

朱太太诧异问："在说谁？"

这时，礼子手提电话响起："明白，我马上来。"

朱太太追在后边："你到什么地方去？"

礼子立刻叫车子赶往万宜商场停车场，刚才新闻组同事同她说："礼子，家暴血案，与你的报告有关，速来万宜商场。"

她跳下车，奔过去，只见警方已经赶到，用黄色带子围住现场，他们正在该处搭起帐篷，遮住线索，以免引起公众不安。

同事宝珍与礼子会合，她脸色惨白，显然是看到了残忍场面。

"什么事？"礼子一手拉住宝珍。

宝珍用手一指："看到白色的六座位没有，一个年轻女子与两个小女儿购物出来，刚上车就被她伺伏在一旁的丈夫拖下车，当着年幼子女用枪击毙，他接着吞枪自杀。"

礼子震惊："为什么？"

"他俩已经分居，她获得孩子抚养权，他威胁要她性命。"

"警方呢，她没有求助？"

"礼子，她丈夫正是警署督察郁勇，这件案与你家暴报告有关。"

"两个小女孩在哪里？"

"一个三岁，另一个五岁，已被带往社署。"

礼子用手搓揉面孔："天哪！为什么？"

"叫你头皮发麻可是，"宝珍深深叹息，"我也一直问为什么，这里每个人都不好过，他是他们同事。"

宝珍让礼子看她拍摄到的图像，她到得早，连孩子们惊恐的样貌都记录下来。

她俩沉默地回到报馆，两人合作，把一段新闻写出，还没有腹稿，警方代表已出来发言："这无疑是一宗惨剧，警方已在处理之中，这是一宗独立个案，与公众安全无关。"

宝珍叹息："我有资料：女方多次求助，可是不得要领，都只是叫她忍耐。"

"是他的同事不想他难堪？"

宝珍说："我会详细调查。"

这时编辑陈大同出来说："两人合写得天衣无缝，你们仿佛开了窍，我有得救了。"

礼子一颗心重得像铅："请勿刊登血腥照片。"

宝珍答："我会选择比较温和的图像。"

"这件事里没有任何温和成分。"

她回到家，把案件用专题角度写出来，礼子看着他们一家四口笑容满面的合照，不禁黯然，他们似乎也曾经开心过。

傍晚，她再到万宜商场停车处，发觉黄带子及帐篷已经拆除，水门汀地面经过清洗，但路人指指点点，有人在案发附近放下花束。

礼子深深叹息。

她听到有人问："孩子们怎么办，为什么叫她们身带烙印活下去？"

说得真好，烙印：永不磨灭的印记。

"会交给外祖母照顾吧。"

"祖莲投诉多次，她生活在极度恐慌之中，可是，大家都没想到郁督察会下此策。”

他们这时看到有陌生面孔，放下烛杯鲜花离去。

礼子只得踯躅回家。

电视新闻整晚都是郁氏惨案报告。

礼禾找她：“你在写该段新闻？”

“是，我正想请教你关于凶手的心态。”

“凶手认为妻儿属他拥有，并非独立个体，他有权把他们带走。”

礼子悲哀：“他是懦夫。”

“但懦夫往往最懂得伤害身边的人，不少成年人一遇生活欠顺便虐打孩子。”

“偏偏这段新闻，会像所有新闻一样，不出十天八天，便遭公众遗忘。”

“礼子，我将为那两个小女孩做心理评估。”

“姐，我可否在场？”

“恐怕不能，我亦不可透露访问内容，当然也不方便给你观看录影。”

一连串好几个不字叫礼子沮丧。

“礼子，工作是工作，不要太过投入。”

礼子说声明白，忽然之间她疲倦到极点，倒在沙发上，哈欠连连，沉沉睡去。

不到一刻，她蓦然发觉自己有伴，不由惊问：“是谁，谁在我屋里？”眼前渐渐光亮，礼子看到一个容貌娟秀的陌生少妇坐在她

面前，用右手掩着一边面孔。

礼子不禁问："你怎么了，你不舒服？"

她的右脸显然受伤，有血液自指缝流出。

她轻轻说："照顾我的女儿。"

礼子问："你是谁？"

她拉开少妇的手，看到她右额上一个乌溜溜弹孔，因为近距离中枪，附近皮肤有黑色火药炙伤痕迹。

但是，出乎意料，礼子并没有特别惊恐，她问少妇："我怎样才可以帮你？"

少妇刚想说话，忽然有人推开房门进来，那是一个小小圆面孔女孩，只得两三岁模样，一声不响，爬到少妇膝上，伏在那里动也不动啜吃手指。

礼子问："这是你的女儿吗？"

少妇点点头："请你照顾她。"

礼子趋向前，问幼儿："会说话吗，你叫什么名字？"

幼儿把脸伏在母亲怀中，一言不发，也不抬头。

少妇轻轻叹气。

这时轰隆一声，礼子惊醒，原来邻座一早开始装修工程，不停的凿墙锯木刺耳声传来。

礼子梳洗，回到报馆撰稿。

她把凶手与受害人的照片取出重看，不，不是她梦中那个少妇。

宝珍过来说："这么早，可见你也没睡好。"

"听说双方父母都愿意抚养孙儿。"

“是，双方都订在今日下午招待记者，肯定各执一词。”

“为什么有那么多的话要对陌生人诉说？”

“我也不知道，”宝珍说，“可是你的家暴专题忽然炙手可热，成为光明晨报最触目文字，网上读者纷纷发表意见，一日点击达万多次。”

礼子不知道是悲是喜。

“娱乐版同事原先以为销路靠他们打拼，这几日对我们改观。”

老陈吩咐：“今日下午，你，礼子与宝珍，走两档。”

宝珍应一声，问礼子：“你家里可和睦？”

礼子微笑：“家家有本难念的经。”

“我们家忙糊口，不知道有别的。”

礼子说：“你也长大了。”

“而且兄弟姐妹十分友爱，从不吵嘴。”

有电话找宝珍，她去了一下，回来时脸上充满意外神色，她说：“记者会取消了。”

同事昆荣说：“礼子，当事人周太太指明要见你。”

礼子错愕：“我，为什么？”

老陈走出来：“因为你了解家庭暴力事件，我转运了，通常是我手下记者为着追新闻满街跑，现在新闻找上门，来人呀，抬一箱香槟来庆祝。”

宝珍悻悻：“礼子，你若不与我一起，我们从此陌路。”

昆荣说：“宝珍，下次吧，下次加油努力。”

礼子问：“这么说来，光明晨报可独家报道？”

老陈说："正是，大家准备，把会议室收拾一下，招待贵宾，还有，不可泄露消息，免得行家蜂拥而至，礼子与宝珍合作，拍摄时莫惊动孩子。"

宝珍脸色稍霁。

礼子却紧张，问什么好？她偷偷回到办公室，用电话找到礼禾，向她求教。

礼禾也呆住："带着两个孩子一起到报馆来？外公与外婆想说什么？"

"请你赐教呀。"

"尽量叫他们松弛，点燃薰衣草蜡烛，准备一壶龙井茶，还有，巧克力饼干招待孩子。"

"谁有这种好心情。"

"你听不听忠告？"

礼子答："我叫人去办，我该问什么问题？"

"问孩子你看见什么，听见什么，之前可有迹象，事后如何应付。"

"多么残忍，我不知道是否做得到。"

"这是你梦寐以求的机会——"

忽然昆荣过来大声说："他们一家决定半小时后出现。"

礼子连忙丢下电话做准备。

小小会议室忽然像一间会客室，宝珍装置拍摄器具。

他们来了。

这一对外祖父外祖母年纪并不大，才五十出头，难怪要向记者诉苦，他们脸色愁苦铁青，明显影响幼儿，幼儿各用毛巾遮着头脸，礼子听见她们低声饮泣。

随他们一起的还有一名陆律师。

大家坐好，外婆一手拥一个孩子不放。

时间宝贵，机会难得，但是，礼子却不知说什么才好。

宝珍焦急地推她一下，礼子清一清喉咙。

陆律师为她们介绍。

“周氏夫妇十分勇敢，他们坚决争取外孙女抚养权。”

孩子头上毛巾被轻轻掀起，她们却把面孔埋在大人怀中。

这种情景何等熟悉，礼子人急智生，用颜色笔在手指尖画上小小面谱：“你好，我叫礼子，请问，你叫什么名字？”

小女孩看了一眼，不出声。

“那天，你们看到什么，听见什么，可以说一说吗？”

外婆周太太鼓励她：“说给礼子听，礼子会明白。”

礼子背脊淌满冷汗，这叫汗颜。

那个约五岁的大女儿轻轻说：“我们在外婆家住，那天，妈妈带我们到店里买泳衣，出来时，我们上车，爸爸忽然出现，他抓住妈妈头发，把她拖下车。”

她哭泣。

礼子觉得再问下去太过残忍，沉默无言。

宝珍更觉凄然，鼻子发红。

但是外婆叫她说下去：“你讲清楚，然后呢？”

“然后妈妈大声喊‘救命救命’，我听见嘭一声，我看到妈妈头上流血。”

小会议室里每个人脸如死灰，孩子稚嫩的声音竟说出如此可怕讯息。

“然后，再嘭的一声，爸爸也倒在地上，然后，警察就来了。”

“告诉礼子，以后你想跟谁住？”

“我住外公外婆家，我不要去别处。”

礼子当然知道这是周氏夫妇的意思，但她无言。

“请礼子姐姐帮忙转达你的意思。”

小女孩说：“请礼子帮我们。”她看着礼子指尖。

这时陆律师说：“谢谢各位，访问到此为止。”

礼子蹲下，轻轻与那个更小的女孩说：“你呢，你叫什么名字，你为什么不说话？”

幼儿缓缓转过头，脸上挂着大滴眼泪，她答：“我叫安妮，”她忽然清晰地说，“我挂念妈妈，我也挂住爸爸。”

周氏夫妇低头饮泣。

昆荣进来说：“对不起，楼下有大批他报记者，你们从后门离去吧。”

陆律师问礼子：“你还需要资料的话，与我联络。”

他们匆匆从货物电梯离开报馆。

宝珍伏在办公桌上呻吟：“人间惨剧。”

礼子双手颤抖：“我想我还是转行教书为佳。”

昆荣叹气：“我大哥家孩子与那小姐妹同龄。”

大家用手托着头发呆。

老陈进来吆喝着叫他们开工。

“今晚必做噩梦。”

宝珍在礼子拇指上画的脸谱加添蓝色泪水，拍摄照片。

报道以图像为主，但只让幼儿露出部分脸庞及四肢，说明十分简单动人：“我听到嘭一声”，“血，我看到血”，还有“我要跟外公外婆住。”

第二天一早新闻出来，不到八点报纸已经售罄，网页不胜负荷，几乎崩溃。

郁家大怒，指明要见记者朱礼子：“不能单听一面之言！”

“这是什么新闻……”

礼子双眼布满红丝，她只想休息。

郁氏夫妇闯上报馆，要求同样待遇。

宝珍举起字牌，上面写着大大“和平救亡”四字。

忽然之间，大家都静了下来。

宝珍又再举牌，这次写着“爱护幼儿”。

忽然郁氏夫妇相拥哭泣，不发一言。

然后在亲人陪同下静静离去。

报馆里没有一双干的眼睛。

礼子用手撑着头，这几天她明显地瘦了一圈，仍然与宝珍努力把最后一篇报告写出。

宝珍轻轻说：“我将往时代周刊工作。”

礼子诧异：“牛后不如鸡口，你想清楚才好。”

“很久没听到这句话，我想过了，转变一下环境也好。”

"祝你一帆风顺，鸿运当头。"

"你也是，礼子，祝你五世其昌，前途似锦。"

当天晚上，宝珍就向老陈呈辞。

两人密斟良久，终于留不住她。

第二天，礼子却获得加薪升职。

昆荣调侃："你现在是亚太区行政总监助理，还是亚太区助理行政总监？"

礼子轻轻答："我是亚太区太白金星兼二郎神君，又称太上老君急急如律令。"

"切勿过分沉迷衔头。"

"明白，有人挖角才算好汉。"

"礼子，你形容憔悴，何故？"

"我噩梦连连，每晚看到一个哭泣的幼儿。"

"去度假吧。"昆荣怪同情。

"到何处，去做什么，去见啥人？漫无目的。"

"乘火车经大草原如何，青藏铁路通车，我与你一起。"

"我俩又不是情侣。"

"女人怎么搞的，乘火车与谈恋爱有何关系？"

惠明在一旁听见："嘿，长途旅行何等辛苦，只有与爱人一起才值得。"

昆荣笑："我不明白你们。"

"毋须了解，只需爱惜我们，以我们福利为重。"

昆荣说："太娇纵了。"

他一向对惠明有意思，可是不喜欢她的职业，报馆工作完全不定时，约莫每周工作八十小时，深夜回家，绝少在家晚饭……无论男女，新闻工作者都不是理想伴侣。

昆荣与惠明一起叹口气。

惠明轻轻说："我们小时候妈妈一定在身旁，无论是跌一跤或是肚子痛，妈妈立即救护，她好像没有自己生活，纯为侍候家人：半夜帮我做劳作，大清早送我习泳，安排暑假旅行、生日聚会，那是孩子们全盛时代，今日情况就差远了，父母工作时间越来越长，未能体贴子女。"

"这是否引起家庭暴力的原因？"

"可能，从前，母亲是家庭里定海神针，今日，她比谁都忙碌。"

昆荣说："无论如何，我不会打人，尤其是妇孺。"

有工作多好，一班志同道合同事可以聊天散心。

"我最佩服礼子，对不愉快事视若无睹。"

礼子把手放在惠明肩上微笑："这叫做涵养。"

"明日我们三人去钓鱼可好？"

礼子转头："工作天天见面，还一起约会，惨过结婚。"

可是第二天，她还是去了，驾驶父亲的四驱车，车尾放着小冰箱，啤酒汽水水果齐备。

她把车停在公园斜坡，铺下红白格子毯，躺着仰看蓝天白云，她不觉睡着。

耳边听着昆荣与惠明絮絮细语："结婚后我可不想吃亏。"

"那永远结不了婚，男女都得有所牺牲。"

“双方都蚀了出来，谁赚了呢？”

“地产商吧。”

“咦，什么事，那边有人扰攘，好像是一班少年。”

“过去看看，把礼子叫醒。”

他们叫醒她，惠明仍然嘀咕：“谁做洗熨，谁搬回家用杂物，账单如何分配？”

礼子揉揉眼，看向小溪源头，那里有一块湿地。

有三个十多岁男孩大声议论：“捞起看看”，“不会是值钱东西吧”，“是粉红色旅行袋”。

礼子看仔细了，泡在溪水里，果然是一只书包大小旅行袋，其中一个少年脱去鞋子，走下浅水，伸手拎起它。

“重吗？”

“不重。”

“打开看看。”

拉链拉开，不远处三个成年人听见小动物微弱叫声，少年说：“咦，是小猫，尚未溺毙。”

昆荣与惠明已经变色，只见少年伸手掏出袋里一团东西，忽然之间，他们三人齐口惊呼，昆荣奔过去，其中一个少年连忙脱下衬衫，裹着那团蠕动东西。

惠明即时掏出手提电话报警：“快，沼地公园溪边，发现弃婴，请速派救护车。”

三个成年人跑近，只见少年把婴儿抱在怀中，那幼婴浑身湿透，皮色发紫，只剩微弱一丝气息。

礼子奔回车子，取出毛巾及毯子，裹住婴儿，十二只手慌乱地挽救小小生命。

三个大男孩大惑不解：“丢在水里，分明是叫婴儿死去，怎么可以这么做？”

救护车驶至，昆荣大声叫：“这里这里！”

警察也随即赶到。

救护员接过婴儿：“啊，这幼儿出生不会超过一小时。”

溪畔热闹起来，游人围拢。

救护车立即倒后，驶往医院，他们一行六人往警察局录口供。

惠明忽然痛哭。

警察说：“你可以放心，婴儿无恙，救回来了，一定有热心人士会得愿意领养，她的命运不会悲惨。”

昆荣说：“我想访问三位小英雄。”

警员微笑：“那三个少年逃学，没想到误打误撞救了小婴。”

其中一个还牺牲了衬衣，一直光着膀子。

昆荣说：“对不起，礼子，抢你的新闻。”

“我在草地睡着，这是你们的新闻。”

他俩回报馆去，礼子回家。

她双手一直簌簌发抖，那弃婴只得四五磅重，面孔小得像一只梨子，可是分明也是人类，她至为震惊。

礼子喝一小杯白兰地，淋热水浴后蜷缩在床上。

太过投入这份工作了，她筋疲力尽。

礼禾来看她，吃惊地说：“怪不得妈妈叫我带食物来，你看你

瘦得眼珠都凹了。”

礼子无奈：“我晚上睡不着，白天打瞌睡。”

“你失恋？”

“没有，所以要请教你心理医生。”

“工作太辛苦了，你陪妈妈乘船游地中海吧。”

“我不去，家里起码千余平方英尺，困在窄小船舱，闷死。”

“为何无故沮丧？可需我开药给你？”

“心理医生药物，全部令人体内内分泌佯作欢喜。”

“嗯，你要求太苛刻。”

礼禾打开盒子，取出各种食物，其中椒酱肉丁最为礼子所喜，但是今日她毫无胃口。

“礼禾，我一闭上双眼就做噩梦，可怕。”

“我不擅长梦，可是，华裔所说：日有所思，夜有所梦，十分正确。”

“姐，你讲了等于没讲。”

“你做什么梦？掉牙齿，脱头发，堕入万丈深渊，抑或被老虎追逐？”

礼子说：“姐，你坐下，我慢慢说你听。”

“我约了人，下次吧。”

礼子怪羡慕：“是男朋友吧。”

“确是异性，我喜欢他的细麻布白衬衫。”

礼子说：“我始终属意浓眉长睫，眼睛会说话的男生。”

礼禾告辞。

礼子无聊，听着音乐，电话响，是惠明找她。

“礼子，原来从今年一月到六月，本市共有四宗弃婴。”

“是多是寡？”

“礼子，一宗也已太多。”

“说得多好。”礼子叹气。

“警方曾叫弃婴人现身，既往不咎，可是始终无人出头，一个在公路车站，另一名在医院门口，再一个在楼梯间，然后就是今晨这宗。”

礼子无言。

“多谢你把新闻让出。”

礼子说声不客气，她放下电话，听到有人敲门，她转身去看，只见门外站着一个少女。

“找哪一位？”礼子诧异，“这么晚了，你还不回家？”

少女说：“我来谢你。”

“谢我干什么？我并不认识你。”

“不，你救过我，记得吗，十五年前，沼地公园那个粉红色旅行袋内的弃婴，那就是我。”

礼子震惊得说不出话：“那是昨天早上的事，你胡说什么，快回家去，免叫你父母担心。”

少女微笑：“多谢你救我。”

“不，不，不是我，是三个少年把你从湿地救出。”

“可是，你也在场。”

“你好吗，”礼子忍不住问她，“这些年来，你生活如何？”

“有一对善心夫妇领养我，我已长大，前来寻找恩人，打扰你了。”

少女双眼异常明亮，牙齿与皮肤光洁，言语有礼，打扮标致，显然生活得不错，叫礼子安慰。

礼子不住地说：“你终于长大了，真好，打算读哪一科？”

这时，有人叫：“礼子礼子。”

礼子蓦然惊醒，自长沙发上跳起。

原来陈大同在电话叫她：“礼子，我是老陈，速回报馆。”

礼子回答：“什么事？”

“一位王志诚医生找你，他说在灵恩庇护所见过你。”

礼子想一想：“是，我马上来。”

是那个精神奕奕的年轻义工，礼子记得他，欣赏他热心。

她回到报馆，在门口小贩摊档买一大包臭豆腐，淋上红黄酱，开口便吃，这个东西总算叫她胃口略开。

到了办公室，同事闻到香味，都来抢要，礼子问秘书：“客人在何处？”

“这里。”

王医生站在她身后，掏出手帕让她抹手。

“叫你久候，不好意思。”

“是我没有预约，请坐，我替你叫了黑咖啡。”

礼子诧异，他反客为主，可见个性甚强。

一对年轻男女忍不住互相打量。

他看到一个不修边幅可是气质独特的女子，卡其裤白衬衫，脖子上有一条极细金链子，脸庞比上次见像是更清瘦了，像足一个文字工作者。

她看到粗眉大眼高鼻梁的他就有好感，轻轻问："什么事？"

"记得庇护所叫咏诗的少妇吗？"

礼子点点头："她怎么了？"

"她回家去了，那恶汉向她再三认错，甚至当着庇护所工作人员下跪，她终于决定回家。"

礼子叹口气。

"是，三天后她左手臂骨折断，在急诊室遇见我，说是摔了一跤，事实手臂是被硬生生扭断。"

"现在她已回家？"

"是，我甚觉不安，故此想你去探访。"

"她是成年人——"礼子有点为难。

惠明在一旁听见："不怕，礼子，我陪你去，我们一直看着新闻里的天灾人祸爱莫能助，此刻是出一份力的时候了。"

"说得对，但是那女子十分懦弱——"

惠明说："更加要去，必要时通知警方协助。"

由王医生带路，他们驶往一个中级住宅区。

他找到门牌："是这里了。"

惠明轻轻说："环境很好，可见那莽汉经济情况不赖。"

"这是她更加难以离开的原因。"

他们按铃，有人隔着门问话。

王医生扬声："李咏诗女士，你伤势如何，可有需要帮忙

之处？”

门轻轻打开：“王医生，多谢你关心，我没事。”

看样子她不打算让客人进屋。

“李咏诗，你假如不愿帮助自己，没有人帮到你。”

惠明觉得王医生也咄咄逼人，她说：“我们走吧。”

“李咏诗，记住你有朋友，有人关心你。”

门打开一条缝，礼子眼尖，看到女主人眼睛淤青，面孔像挨揍沙包。

惠明大吃一惊：“有什么必要如此受虐，快快报警。”

“不不不！”她砰一声关上大门。

王医生顿足。

礼子说：“她有一日会死在这间公寓里。”

三个年轻人站在门口徒呼荷荷。

惠明说：“去喝杯咖啡商量一下。”

礼子说：“我猜她是没有颜面再回庇护所。”

王医生绕起双臂不出声，这时他的手机响起，他一看便说：“医院找我，我先把你俩送回报馆。”

惠明说：“我们自己会回去。”

“不，”他很固执，“我负责接送。”

惠明看礼子一眼。

回到报馆，礼子说：“我打算通知社会福利署跟进。”

惠明问非所答：“礼子，你与王医生认识多久？”

“才第二次见面。”

“小心，他这人主见甚强，为人霸道。”

礼子笑：“你说到哪里去了？”

“你没发觉？他认为事事都要照他的意思做。”

礼子取起电话：“我们开始工作吧。”

陈大同出来：“你们看：明日报、大观报、众民报，忽然都跟风做起妇女被虐新闻，绘形绘色，十分低级。”

礼子低头翻阅，忽觉头眩，眼前发出七彩强光，啪一声跌倒在地。

同事们大惊，扶起她：“送院，叫救护车，快！”

“不，不，”礼子喘息，“我回家休息一会儿就好。”

“通知她姐姐朱礼禾医生。”

礼禾稍后赶到把她接回家，给她服药。

姐姐忠告妹妹：“太瘦也不好看，异性喜欢丰满圆润女子，看上去有能力繁殖后代那类女子。”

“我并无节食。”

“我看你根本没有进食。”

“别让妈妈知道这一切，我俩已经成人。”

“可怜的妈妈，趁这几天休息，你与她多聊几句。”

礼禾帮妹妹煮了一锅白粥，看她喝了半碗。

“你看你，吃的是草，挤的是奶。”

礼子问姐姐：“这阵子你看见父亲没有？”

礼禾语气温和：“你就别管他了。”

“姐姐你有美德。”

“母亲又不少穿的吃的，手上八位数字私蓄，另有房产。”

“不敬，何以别乎。”像养一只狗似。

“那是她的选择。”

姐妹俩齐口叹息，稍后礼禾告辞。

礼子安然入睡，在茫茫人海中，她有敬爱的母与姐，也算是幸运了。

睡到半夜，礼子忽然觉得心中烦躁无比，她惊醒大叫：“不，不！”不什么？她一身冷汗，也不知何故。

礼子用双手掩着胸前喘气，她自嘲：“朱礼子，你经不起考验，受不起压力，你不是人才。”

清晨，她到附近茶餐厅吃早点，她一向喜欢平民化生活习惯，自觉与母亲及姐姐的嗜好有点距离，她爱看众生相，像今日，她座位前面坐着一对年轻男女，吸引她目光，那女子手臂肉肉的十分性感，她穿一套暗纹寿字黑绸唐装衫裤，弯着腰，背脊露出小小一截皮肤，可以看到一个特别的文身，那是两颗骰子，呈双六字样。

礼子看到如此风景，暂时分心，露出笑容。

那对男女异常亲密，手臂交缠。

礼子喝完檀岛咖啡离座，回到家楼下，看到有人等她。

她有点意外：“王医生你早。”

王志诚松口气：“我听说你不舒服，却找不到你。”

“不好意思关了电话。”

“电话应随时跟在身边开着。”

礼子唯唯诺诺，他也是出自关怀。

“你在办公室昏倒？却又到处走。”

礼子捶着胸口诉苦：“我生活枯燥，闷坏了。”

王志诚笑：“我来帮你解闷。”

礼子看着他微笑：“我怎么敢当。”

“你疲倦过度，有点神经衰弱，最好休息过后再加冲刺。”

礼子说：“那样太过奢侈了，我想写比较轻松题材。”

“可以把新主意告诉我吗？”

礼子请他到楼上喝杯茶。

王医生坐下打量环境一下：“像间大学宿舍。”

礼子很坦白：“我的生活习惯永远似大学二年生，不知怎地，那段生活对我刻骨铭心。”

王医生捧着热咖啡忽然说：“这一代女生在结婚之前已经有一个自己的家，她们不再天真地自父母的家走进丈夫的家，她们早已经济独立，养成不少习惯，很难融入迁就配偶的生活方式。”

礼子听出因由，她问：“譬如说，你会期望何种配合？”

“我是一个手术医生，我没有假期，我也许久没有度过周末，我的伴侣如果不能委屈谅解，那就惨了。”

礼子嗯地一声。

王医生说下去：“假使她是一个自由撰稿人，那最理想不过，我从医院回来，她在书房写作，可以立刻向我嘘寒问暖，递上一杯热可可。”

礼子笑得弯腰。

这是示爱的一种方式吗？礼子受宠若惊。

她顾左右言他："我搜集了一些初步资料，我想访问在大学里攻读特殊科目的年轻女性。"

"啊，我知道，在马达加斯加研究利马猿的那种。"

"正是，是什么促使她们走向那些前辈没有走过的路呢？"

礼子取出一只文件夹子，取出小小一段剪报，读出："华裔女生刘洁，二十一岁，自美总统布什手中接过西点军校毕业证书，刘洁被授少尉军衔，她将先赴英国剑桥大学攻读政治学硕士，然后返美在军队服务。"

王志诚也不禁喊说："未来的国防部长。"

"还有这一段，请来看：多伦多大学环境科学学生康某领导同学一组三人在极北之地能那域研究每日冰海溶结情况，绘制地图，派予当地土著，方便他们捕鱼及其他活动。"

"女性的职业选择的确多了，可是，谁愿娶一个航天员呢：'你妻子在什么地方？''啊，她在'发现'号十八火箭上正往月球宁静海开会。'哈哈哈。"

礼子倒是不生气。

"女子有女子的天职与责任。"

"那是什么？煮饭洗衣服？"

王医生回答："令家人觉得幸福快乐，我有一个朋友娶了检察官，三天也见不到她一次，终于在十八个月后分手。"

"真不幸，他为什么不迁就她的时间表？"

"这也是你们女性说的：最讨厌男人没志气。"

礼子叹口气，第一次约会就谈如此沉重题材，不是好主意。

王志诚说："说说你家庭背景。"

"父亲是小生意人，母亲是家庭主妇，有一个姐姐比我大三岁，生活无忧无虑，可以培养自己的兴趣。"

王志诚说："我有两个姐姐，她们也没有事业。"

"姐夫对她们好吗？"

"家境宽裕，她们有佣人有司机，我从未见过两个姐姐穿便装，她们永远盛妆华服，在家待着也化全妆，她们的睡袍比许多晚礼服都考究。"

礼子低呼："家母也是从来不穿衬衫长裤，连运动衣裤都是开司米制造，我常常想，供奉那样一个优雅女性，成年累月，得花多少金钱，难怪今日男人宁娶货车司机。"

"或是气质特殊的作家。"

礼子又笑："我怎好算作家，我欠作品。"

王志诚说："我到厨房看看有什么吃的。"

礼子叫声惭愧。

可是王医生却说："有那么好的椒酱肉，还有青瓜，可做椒酱面。"

他干脆磊落地动手，一下子做了两大碗面，青瓜丝清香扑鼻。

"多吃些，你太瘦了。"他那命令性口吻又再出现。

但是他有那么高超厨艺，礼子也没有抱怨。

一个愿意下厨的手术医生，不是那么容易找到，况且，他又对她表示好感。

"本周末可有时间？家母六十岁生日，在家吃饭，希望你可以

出席。”

礼子连想都不必想便回答：“我不想出席家庭聚会。”

“可是，早晚总得见面。”他笑嘻嘻。

“待我吃多几碗椒酱面再说吧。”

他表示遗憾：“家母可不是年年六十岁。”

真是，礼子妈也六十岁了。

朱太太十分沮丧：“谁，你说谁在十六岁时会料到能活到六十岁？”

礼禾与礼子不敢出声，终于礼禾举手笑答：“我不介意健康愉快地活到一百岁。”

朱太太叹气：“新一代越来越怪，我们那一代的偶像是林黛玉与朱丽叶，你们倒不是不怕老。”

“妈妈，我们帮你庆祝生日，希望怎样都可以。”

“我才不要，还大肆宣扬呢。”

“我明白了，叫爸爸来出面。”

“也不用。”朱太太双手托着腮。

“什么不用？”一说到朱先生他便出现。

他自胸前取出一只首饰盒子。

朱太太轻声问：“都有呢，还是只我一个人有？”

朱先生笑：“谁还买得起第二件。”

礼子连忙打开盒子：“唷，妈妈，你看是你上次去看的粉红色钻戒。”她取出戒指套在手上，“妈妈，可否借给我出场面用。”

朱太太看着钻戒说：“何必珍珠慰寂寥。”

礼禾连忙说："我是长女我先借用。"

朱先生说："公司还有事，我得回转开会，你们想怎样庆祝，告诉我秘书阿莲。"

他又出去了。

朱太太还在呻吟："我已人老珠黄。"

"妈妈，这也是你的选择，等我们六十岁时，可能只得一个人坐在屋内，这也是我们的选择。"

礼子说："这只指环确是精品。"

礼禾也赞："连我们一向不甚喜欢首饰的人也觉好看。"

朱太太终于把指环戴上，伸直手观赏，露出一丝笑："可惜没有耳环配对。"

这时门铃响，礼子去看门，有两个珠宝店职员满面笑容走进来："朱太太，朱先生让我们送来耳环与项链。"

这才是惊喜，礼子把礼禾拉到一旁："你看，这就是他们至今尚在一起的原因。"

礼禾叹口气："父亲对她始终留有爱意，他从未提过离婚二字，她也不讲，相信我，假使他真要抛弃她，办法是很多的。"

职员把珍宝替朱太太戴起："朱太太，不喜欢的话可以随意改动。"

礼子说："你看妈妈面孔发亮。"

"我们一家乘轮船庆祝吧。"

礼子叫苦："拜托，挑短程船，还有，我要一人睡一舱。"

姐姐揶揄妹妹："你怪脾气这样多，如何嫁人，一言不合，大打出手。”

“我才不会打人，话不投机半句多，三十六着，走为上着。”

礼禾说：“如此说来，你会成为离婚专家。”

“你诅咒完毕，请策划庆祝母亲华诞。”

礼子知道自己到了那个年纪，大约礼禾与她都不如母亲舒泰。她想象自己独居，因为享有遗产，生活不至于窘逼，但是十分寂寥孤苦，友人同事渐渐老病死，不是失散，就已登极乐，想找个人说话也难，且收入干涩，一动不如一静，然后，腿一软，在家摔一跤，结束一生。

学问有多精湛，人品何等高级，有什么鬼用，邻居还不是掩鼻皱眉。

朱太太探头进来：“在想什么？”

礼子抬起头，只见母亲手上拿着珠宝图样：“你看这串红绿宝石项链多么喜气洋洋。”

礼子看了看：“还是爸爸挑选的钻石项链好看，这些雕花当中穿孔宝石，只有印度才有，是当年藩王们送给他们的玛哈拉妮戴在足踝上，后来被欧洲珠宝商搜来重镶。”

“哎哟，被你一说，恍然大悟，我也从不往拍卖行买首饰，什么人戴过呢，走运的人会把头面卖出来吗？”

礼子用手搭着母亲肩膀，心里想，六十岁了，心思还像十六岁，怪不得父亲不舍得她。

礼禾趁有假期，在水晶邮轮订了三间房间，往夏威夷群岛，为期两个星期。

礼子叫苦："什么地方不好去，偏到美国。"

"你是陪客，不得多话，好不容易才轧到船票，你又希望去何处？"

礼子微笑答："上古的平基亚大洲，那时地球上大陆全挤在一堆，无分彼此。"

"就你一个人不安本分。"

"所以我可以做记者。"

礼子向王志诚提到这个旅程："幸亏还有基格威亚火山公园，否则只好整天瞌睡。"

"能够睡个够也是美事。"

可是穿着短裤大衬衫上船，礼子又比谁都高兴，连电话都不带，手提电脑锁在办公室。

船起航，礼子在赌场玩二十一点，运气十分好，十六点都赢庄家，满载而归。

真好，与家人在一座孤岛上，她恢复童真，像七岁女童，与父亲在舞池翩翩起舞。

朱先生周旋在三女之间，眉飞色舞，不知多高兴。

或许，朱家需要这次旅行。

入夜，礼子一个人站在甲板上，抬头找到北斗星与金星，那是两颗肉眼可见最大的星宿。

忽然有人在她背后说："旅行没有你想象之中那么坏可是。"

礼子吃惊：怎么会是他？

她转过头去，可不就是王志诚医生，她不是看错了吧。

“你。”她惊喜把双手搁在他胸上，他趁机握住她双手。

“我追上来了。”

啊，真是难得，两个星期。“你推掉多少项手术？”

“谁还理那个，我只知道拖下去无益：每次约会只得三两小时，双方手机便开始鼓噪，几时才可互诉心声？机会要自己争取。”

礼子感动了，女性的通病是太过容易陶醉，这也是她们可爱之处。

“我托人补张船票，追了上来，此刻我与三个中学生挤在舱底一间没有窗户的小房间，说不定他们三人都扯鼻鼾。”

礼子笑得落泪：“你到我房来。”

他佯作惊讶：“不可越礼。”

“我到姐姐房去，不过，我先要介绍家人给你认识。”

“不，不，还没有到见家长的时候。”

礼子不知多久没这样欢笑。

那天晚上，她给父母及姐姐介绍王志诚，出乎意料，他们意外多过高兴。

礼子到姐姐房里借跳舞裙子。

礼禾说：“我最不喜意外。”

“身为记者的我却已习惯意外。”

“他这个人很有点心术。”

“读医科的人头脑大约都不简单。”

“礼子，你好似十分愿意原谅他。”

礼子拾起桌子上报纸：“美联社记者桃乐妃琼斯在伊拉克巴格

达遇袭身受重伤，生死未卜，呵多不幸，我认识她。”

“幸亏你不是战地记者。”

礼子放下晚礼服。

礼禾忽然说：“去，去跳舞，别管那么多。”

王志诚与礼子在甲板相拥起舞，额头贴额头，扩音器播放萨克斯风奏出渴睡湖礁一曲。

“你听，还是上世纪的音乐有味道，今日的歌手一味吼叫。”

礼子忍不住笑：“亲爱的我们老了。”

王志诚忽然说：“你知道船长可以主持婚礼。”

“哗，连蜜月都算在内，可真经济。”

他们跳舞至天明，五点多礼禾出来跑步，在甲板看到他们：“一起喝咖啡吧。”

“不，”礼子说，“我正想回舱睡觉。”

王志诚却说：“礼禾我陪你。”

礼子回到舱房，忽然哈哈欢畅大笑，许久没有这样高兴，这几天再也不做噩梦。

那边，礼禾闲闲地向王志诚打听他就读的学校与毕业年份，十五分钟后朱先生朱太太也出现了。

这时，船正驶入海湾，只见奇花异卉，令人精神一振，在这种情况下，朱氏心情大好，容忍力也比较高。

朱太太说：“志诚，你是一心追求礼子？”

朱氏微笑：“老婆婆废话特别多。”

回到船舱，朱太太同礼禾说：“打听一下这个人。”

礼禾笑："还用你吩咐，已经在做，王志诚表面上无懈可击，正当人家出身，父亲也是医生，有两个已婚姐姐，据同班同学说，王志诚是神童，学兄有疑问都得请教他。"

"这么好？"朱太太欢喜。

"就是脾气欠佳。"

"怎么个说法？"

"他曾订过一次婚。"

朱太太说："他不是和尚。"

"女方主动解除婚约，可是对分手原因一言不发。"

"我很尊重这一种人。"

礼禾说："我也是，越说越错，沉默是金。"

"那你我是批准王医生了？"

"他们两人主观都那么强，况且都已成年，怎么理会别人说什么，总而言之，百分百支持。"

朱太太感慨："朋友问我怎样管教青少年，尽量爱他们呀，他们若仍然无故生气，那么，躲上一会儿，待他们气消了，再尽量爱他们。"

"妈妈姑息我们。"

"还有什么办法？"

礼子从未试过如此称心如意，她与王志诚十多天形影不离，船一泊岸便结伴探险，很快晒成金棕色，他们外形相配，气质接近，看着都令人舒服。

朱太太说："六十岁最佳生日礼物，我有机会抱孙子了。"

礼禾却没有那样乐观，她仍向友侪打探："王志诚因什么理由与未婚妻分手？"

"那都是五年前的事了。"

"是否因为不忠？"

"两个人都没说，礼禾，你若爱他，不要再问。"

"不是我，是我妹妹，你明白吗。"

"难怪，我再替你查一查，谢谢天有互联网，你不感谢它吗，上天入地什么都给搜出来。"

可是，妹妹礼子是那样快乐，她整天咕咕笑，双眼罩着一层晶光，脸颊红粉绯绯，同上船前的干瘦黄宛若二人，礼禾这才发现妹妹是那样漂亮，纤长细致手臂与大腿尽露少女魅力，头发即使凌乱也那么可爱。

虽然一生很长，但礼禾也猜到一个人即使活到八十岁，这种快乐时光大抵也不会很多，需要珍惜。

礼禾什么也没有说。

她的朋友回电："各路消息显示：王志诚医生最大缺点是完美主义，有时叫人吃不消，人总有缺点，朱小姐不要，告诉我一声，我换跑鞋去追求王医生。"

礼禾笑了。

这个时候，王志诚与礼子离开邮轮去观看活火山。

礼子赞叹："中文这个活字用得多好：活生生的地壳，十二块大陆板块每年移动二至四公分，蠕蠕浮在熔岩之上，如有裂缝，岩浆喷出，亿万年形成火山。"

志诚诧异："你应当读地质。"

这时导游高声说："两位，请走回来一点，跟着大队。"

礼子踩在结了焦的黑壳上，她好奇地大力一蹬，焦壳碎裂，冒出烟来，她球鞋底即时发出橡胶烧焦味道，礼子惊呼。

志诚迅速背起她就往较安全处走，团友忍不住哈哈大笑。

礼子在志诚背上不愿下来，她轻轻说："我从来没有这样快乐过，这时我才知道什么叫心花怒放，王志诚，谢谢你。"她把脸贴着他耳朵。

"你愿意长久与我生活吗？"

"我愿意。"

"那么，我将向朱先生提婚。"

一位老先生看着他俩："你不觉得她重？"

志诚回答："她才百多磅。"

老先生点头："别让她发胖。"这话中颇有禅意。

他们观看暗红色熔岩缓缓流入大西洋，落入海水，冒出白烟。

志诚替礼子拍照，他自诩："国家地理杂志水准。"

导游在一边说："熔岩在地心叫麦玛，涌上地面叫拉瓦。"指手画脚。

回到船上，王志诚梳洗完毕，到朱先生处求婚。

"请把礼子的手交给我。"

朱先生觉得突然，他看着妻子。

朱太太颤声问："你爱她不变？"

朱先生轻轻说："老太太你的问题实际些可好。"

朱太太瞪着丈夫："好，志诚，你是否负责礼子生活？"

王志诚微笑："那自然，礼子无须工作，但如果她在家写作，我一定支持，她写到深夜，我斟茶到深夜。"

朱先生声音很低："礼子还小，你们想清楚了？"

朱太太说："我两个女儿，礼禾理智，礼子感性。"

朱先生看着她："你为什么一定要说废话？"

朱太太站起来："我自与女婿说话，关你什么事？"

那即是答应了，王志诚大喜。

朱太太说："你要爱她一生一世，否则我不放过你。"

朱先生问老妻："否则你咬死女婿？废话。"

王志诚大笑，他希望到老还可以学他们贤伉俪般打情骂俏，可是朱太太忽然饮泣。

朱先生用电话把礼禾叫来。

礼禾一看就知道王志诚已经提婚，她同母亲说："妈妈你别不舍得，你不知道今日外边情况，女性地位每况愈下，几乎第一次约会便要跳到对方怀中勾住脖子不放才有希望，志诚居然照老规矩提婚，礼子万幸。"

朱太太骇笑。

礼禾说："我说的都是事实，可能食物基因有问题，小青年都迫不及待，都等不到明天，我与礼子，是新一代的过时人物。"

朱先生说："我们已经答应了。"

礼禾对志诚说："恭喜你们，指环准备好了？可不许寒酸，还有，房子、家具用品，统统得设想周到，礼子写作，书房得宽敞，

你有责任照顾她饮食起居。"

"明白。"志诚毕恭毕敬。

"去把好消息告诉礼子。"

他高高兴兴离开船舱。

朱先生说："真没想到这次旅行会有惊喜。"

朱太太叹息："以后就得顺天应命了。"

礼禾安慰："他们会得争气。"

朱先生说："我忽然累了，我到甲板上睡一觉，顺便晒太阳。"

"妈妈你呢？"

"我约了美容院做按摩。"

"那么，晚饭时间再见。"

礼禾心中伤感多过欢愉：妹妹要出嫁了，从此她身边少了个至亲，礼子以后事事以她自己家庭为重，姐姐该撇到一边了。

礼子会幸福吗，现代人看幸福观点不同，身体健康，生活有着落已经是至大幸福，其他一切像名利爱情，那不过是蛋糕上的奶油。

志诚在泳池边找到礼子："朱先生朱太太答应了。"

礼子嘴唇自一只耳朵拉到另一只："志诚，爱我，爱我。"

他俩紧紧拥抱。

这时，有一个婀娜的金发女郎走过，朝他俩眨眨眼，礼子看到女郎穿着一件T恤，胸口图案是一把刺刀插在一颗红心上，上边有英文字这样写：爱情慢慢杀死你。

这是一件很受欢迎的T恤，礼子在办公室也见过。

放完假众同事见到礼子，都大声说："好漂亮啊，我也想去旅行。"

礼子笑不可抑。

"带回什么礼物，千万别是夏威夷果仁及贝壳项链。"

"这是什么，哟，是一小块火山熔岩。"

"对了，是火成岩。"

"你手上的大钻石前生是碳，也是火成岩。"

"礼子，你订婚了？哎哟，我因妒忌痛不欲生，有人叫朱礼子，什么都有，上主太不公平。"

女同事都围拢来观看钻戒。

"见过家长没有，说说看。"

礼子答："他们一家人出奇的漂亮：王妈妈与姐姐都是美人。"

"你们朱家也是呀，门当户对。"

"礼子，他们对你客气吗？"

"对我很周到，王伯父立刻答应找新居，两个姐姐自称闲着无事负责装修布置。"

"羡煞旁人，真是上等人家。"

礼子也承认："我懒人有懒福。"

"你辞了职没有？"

礼子一怔："为什么要辞职？有人要整走我？"

"我们以为你从此陪着丈夫参加会议或打高球或去舞会。"

"嘿，我照样是朱礼子。"

"至少改为王朱礼子。"

正在这个时候，有人匆匆进来："警方找朱礼子。"

"什么事？"大家静下来。

"有男子站大厦十六楼天台，手挟幼儿，要一起跳楼。"

礼子问："关我什么事？"

"莽汉妻子叫李咏诗，知会警方，请光明晨报记者朱礼子走一趟。"

惠明说："我陪你一起去。"

两人抓起摄影机便朝目的地扑出。

到了现场，警方已经封路。

"走开走开，跳楼有什么好看。"

警察走近："朱礼子请跟我们来。"

走到大厦楼下往上看，礼子一阵眩晕。

只见那男人站在天台围栏前，把孩子放在围栏上，好让每个人看得心惊肉跳。

惠明冷笑一声："他要是真的活不下去，早就跳下，还装模作样等到这一刻？"

礼子喃喃说："警员应当一枪把他射倒，救下孩子。"

一名警员走近："朱小姐，我是左督察，这名男子要求见你，你应讯前来，义务协助，警方十分感激，但是你得小心行事，因为当事人精神异常。"

"他的妻子李咏诗呢？"

"李女士不堪刺激晕厥，已经送院。"

礼子见左督察精神平静，忍不住问："这种事对你们来讲，司空见惯吧。”

左督察轻轻无奈回答：“稀疏平常，我们只是紧张幼儿。”

她们准备好了，随警员登上天台。

这时消防员已经把安全气垫充气，但在高处看下，偌大气垫不过像小小一张床褥。

狂汉一见他们便喊：“李咏诗，叫李咏诗来！”

他顺手推一下孩子，又抓住他手臂，幼儿呜呜哭。

左督察低声斥责：“懦夫。”

他踏前一步：“咏诗在医院急救，她知道你要见光明晨报记者朱礼子，人在这里。”

大汉吼叫：“就是她离间我们夫妻，她教唆咏诗离家，她怂恿咏诗同我离婚。”他指着礼子，“你，你一个人走过来，其余人下去！”

左督察转头说：“朱小姐，警方有谈判专家，你不必冒险，你亦可退下。”

“不，我想出一分力。”

女警上前，替她穿上安全背心，系上尼龙绳，扣在天台水管上。

左督察说：“劝他把孩子交出，我们就在附近。”

惠明利用这机会静静拍照。

大汉恨恨说：“我一生已经完了，多得你们这些好事之徒，打着旗帜主持正义，却害人一家！”

礼子独自走近：“把孩子给我，幼儿无罪。”

她可以看到电视台记者在对面拍摄。

大汉狰狞地笑："你过来拿，来呀！"

礼子心中充满厌恶，形于色，她无惧地走近，伸长手臂："把幼儿交给我。"

大汉凝视她，双眼发出绿油油的光："你知道我的名字吗，你知道我的事吗？"

礼子一怔，身为记者的她，竟不知大汉叫什么名字，她一直把他当一只疯狂猛兽，怪物没有姓名。

大汉忽然发狂，他扑过去猛拉朱礼子背心上的尼龙绳，礼子连接另一头的水管竟被他扯脱，他得理不饶人，一手狂扯朱礼子，一手抱着孩子，就想一纵而下。

不过一旁的警员亦眼尖手快，电光石火间一左一右奋力扑出抱住两个人质，但是没拉住大汉。

他摇摇晃晃像一只风筝似往十六楼堕下。

礼子看到他跌落在气垫不远之处。

围观群众大惊失色，发出呼叫声。

这时礼子双脚发软，跪倒在地。

惠明过来紧紧抱住她，礼子不停呕吐。

警员用毛毯裹住幼儿，匆匆离去。

左督察蹲下问："朱礼子，你可要见医生？"

礼子摇摇头。

"警方会推荐你领取好市民奖。"

礼子轻轻问惠明："那大汉叫什么名字？"

她一愣："不知道，不关心。"

“我们知道他的委屈吗？”

惠明大声说：“礼子，我们做得完全正确，总得有人出来为弱者说话，路见不平，拔刀相助，这自私男人暴戾成性，虐打妻子，谋害幼儿，专找替死鬼，至死不悟，我才不怕他，他化为厉鬼来找我，我亦无惧，礼子，我扶你站起来。”

这个时候，其他记者围上，礼子低头一言不发离去。

她没想到自己会成为新闻要角。

惠明与她回报馆，让她在休息室沉思，总编辑与陈大同都来慰劳。

电视新闻片段已经播出，可清晰看到朱礼子与狂人谈判，那人扯住她企图跳楼，被警员阻止，小孩几次摇摇欲坠，旁观者惊呼不已……

最后，是死者倒在路边的远镜。

记者群赶到医院采访李咏诗，被医务人员挡开，只见李咏诗紧紧抱着孩子，神色呆木。

不知怎地，礼子却似隐约看到一丝笑意，她不寒而栗。

陈大同给礼子斟来一杯热普洱：“惠明正在赶稿，这次图文并茂，独占鳌头，不过老总吩咐，以后只准卖力，不准卖命。”

礼子看着身上污秽的衣服：“我回家清洁。”

“你仍在放假，不必回来了，工作交给惠明吧。”

秘书进来说：“礼子，王医生气极败坏在接待处等你。”

老陈与惠明陪着礼子出去。

礼子满以为志诚会像每个人般夸奖她，但是他铁青面孔，一声

不响地领走未婚妻。

在车上礼子说："你也知道这件事首尾。"

志诚厉声斥责："你出去之前为什么不知会我？"

"时间仓促。"

"这些都是借口，你根本不尊重我，你此刻身份不一样，别忘记你是我未婚妻。"

礼子一怔："慢着，你到底是关心我安危，还是你的自尊？"

他声音更大："倘若那疯子拉着你一起跳下去，我该怎么办？在电视上看到才知道你已殉职？"

说来说去，还是与他有关，出发点并不是她。

礼子不出声。

两者之间分别太过微妙，气头上也无法说清楚，礼子决定暂时维持缄默。

回到公寓，姐姐也赶到了。

礼禾大声激动地挥舞拳头："老板当然巴不得记者上刀山下油锅争取销路，可是妈妈命令你立刻辞工，否则断绝母女关系，朱礼子，你叫人利用了。"

连礼禾也这么说，也许，志诚不算过分。

礼子一边淋浴一边听姐姐啰嗦。

她换上运动衣累极入睡。

隐约听见姐姐与志诚唠叨一轮才走。

可是不一会儿母亲也来了，坐在她床边轻轻说："新屋已经准备就绪，婚礼即将举行，王家已把聘礼及首饰送来，你不要再鲁莽。”

“是，是。”礼子呻吟。

礼子斗不过一家子人，他们都想她安全。

“立刻辞职吧，筹备婚礼。”

“我们不打算请客。”礼子喊救命。

“谁说的，你说还是志诚说？由双方父母决定，你届时出席就是了。”

礼子用枕头紧紧罩住头脸。

她又做噩梦了：她悄悄走进室内，听见有人哭泣，轻轻求救声音：“请你照顾孩子。”仍是那对母女，孩子伏在母亲怀内，看不清五官。

这次礼子问：“为什么你不亲自照顾她？”

“我已没有意愿活下去。”

礼子苦劝：“地里的百合花，天上的麻雀，都有生存的权利，请你振作。”

这时，那孩子缓缓转过头来，礼子就快可以看到她的脸庞，可是就在这个时候，电话叫醒了她。

礼子好不失望：“等一等。”她叫，可是梦境已经消失。

是惠明的声音：“礼子，你早。”

早？可不是，天已经亮了，无论昨夜发生过什么，人是多么伤心，太阳下山明天还是爬上来，个人的哀乐是何等渺小。

“听着，礼子，你昨夜可有叫王志诚医生前来辞职？”

礼子大吃一惊：“我怎会辞职？”

惠明叹气："昆荣猜到，我也猜到，礼子，王医生又擅作主张，代表你行动。"

礼子发呆，关心与担心是一回事，左右她意旨也情有可原，可是干脆做她发言人，替她辞职，实属过分。

"礼子，小心。"

"陈大同怎么说？"

"老陈了解你的处境，他不允请辞，将你纳入副刊，让你撰写专栏，那即是说，你可以写影评、书评、社评，还有，脚底的痣、脸上的毛、男友的胸膛，别忘记告诉读者，天下女子都妒忌你，恭喜你，大作家。"

"不，我已联络到美太空署，他们的一个火星计划，由华裔年轻女性叶德望主持总策划，我得访问她。"

"我知道这位叶女士，她此刻在加国阿省一个旷野扎营，因为该处地面情况与火星相似，适合做研究。"

"我希望她接受晨报访问。"

"你就要结婚，不要忙了，王医生说喜酒订在下月十五日，他发了请帖给我们。"

礼子愕然，她一点也不知道此事，抑或他们提过，她不在意？

"礼子？礼子？"

"是，我在这里。"

"我们都觉得王医生太擅长安排与你有关的事。"

礼子回过神来："我有事，不与你说了。"

"礼子，我并非离间你俩。"

礼子温和地说："我明白。"

礼子找到王志诚："你有时间吗，我有话同你说。"

"我就在你门口。"

"这么巧？"

"我一直在你门外守候。"

礼子像所有女性一样，骤然感动："为什么不进来？"

"伯母在屋里，我不方便进来。"

哎哟，礼子立刻放下电话走到客厅，果然看见母亲坐在沙发上盹着，奇是奇在她发型化妆一丝也不乱，像要赴宴会般。

礼子落泪，又忍不住笑："妈妈。"

朱太太睁开眼睛："啊，你醒了，昨日擦伤的地方还痛不痛？"

"妈，你回家休息吧，我已没事。"

"请帖已经发出，我替你订了几套衣裳，过两天送到。"

"是，是，"礼子紧紧拥抱母亲，"为什么那样急？"

"怕你反悔呀，现在由志诚照顾你，我放心得多。"

"妈妈如此疼爱我也不怕礼禾吃醋。"

"两个都是我的宝贝。"

礼子这才去开门，果然，王志诚就站在门口，为朱礼子风露立中宵。

礼子双手按在他胸前，凝视他的浓眉大眼，这般深情会改变吗，有一日他会忘记吗，谁也不知道。

朱太太说："是志诚吗。快进来轮更，我的司机该来了。"

叫家人如此劳碌，真是罪过。

朱母临走之前说："志诚，镇住她的心，别让她做野马。"

志诚大声回答："是，遵命。"

朱太太高高兴兴地走了。

志诚拥抱礼子："你爱我多久？"

礼子嗒然回答："永远够不够？永远够不够？"

"万一你离开我呢？"

礼子喃喃回答："你可以杀死我。"

接着一段日子，光明晨报为他们的明星记者转入幕后作出若干说明，但是读者不予接受，在网上发表意见："大把人写婚纱款式，何必朱礼子，杀鸡用牛刀"，"算了，她写得不错，她质问为何华人要穿不吉利白纱结婚"，"她的专栏匪夷所思，竟怀念盲婚"……

礼子到酒店试菜时才发觉吃的是中菜。

双方父母高兴到不得了："龙虾是一定要的"，"海参换掉"，"亲家母与我意见相仿"……

志诚握着礼子的手："然后，我们到巴黎住上一个月。"

礼子想一想："租罗浮宫附近公寓。"

他俩溜出去看新居，志诚的两个姐姐正在忙装修："来得正好，窗帘用塔夫绸还是泰丝？"

礼子看着素色现代那种华丽得不为人知的布置有点茫然，公寓有点像会所，不方便放肆。

两个姐姐在室内也穿着细跟尖头鞋，衣衫雍容，手肘都提不起来似。

二姐笑："志诚得偿所愿，娶得作家，文静雅致，职业高贵，且不必抛头露面。"

礼子转头问："是吗，志诚，你喜欢写作？"

二姐答："他喜欢艺术工作者，之前——"她忽然住口。

"之前什么？"礼子问。

二姐接上去："之前他亦考虑弃医从文。"

说罢她与设计师去研究灯饰。

志诚说："我们走吧。"

礼子忽然看志诚："我们两人有充分了解吗？"

"不妨，结婚之后，起码有五十年时间。"

大姐把他叫过去，她握着兄弟的手，细细叮嘱。

志诚有点尴尬，又有点不耐烦。

礼子看到他的耳朵发红。

稍后他拉着礼子离去，礼子问："大姐说什么？"

"叫我们早生贵子。"

礼子哈哈大笑。

礼禾下午到小公寓帮妹妹试礼服："总算出嫁了。"

"是否太匆忙呢。"

礼禾坐下："一般年轻男女都在相识一年内结婚。"

"其实没有任何保障呢。"

"你的才干意志便是保障：保证无论发生什么，你都可以坚强地生活下去。"

礼子说："我知道我爱他。"

礼禾说："那已经足够。"

三件礼服颜色都太鲜明，礼子说："最好黑白灰。"

"都不能在婚礼上穿。"

"看到双方家长那么高兴，我都无所谓。"

"来看结婚蛋糕的式样。"礼禾出示彩照。

"哗，三英尺高，太豪华了，老姐，第三世界饥民——"

"这种时刻，礼子，请暂且放下他们。"

礼子叹口气："不能免俗。"

"人生本来就是一件俗事接另一件更俗的事。"

"说不定有一日还要派红鸡蛋。"

"谁还吃白焓蛋？"

"妈妈说到时思去订巧克力蛋。"

"呵，都替你想到了，让她去吧，轮到我们宠她了。"

正在高兴，报馆同事昆荣来电话找礼子。

"礼子，令尊是否叫朱华忠，拥有一间电子厂？"

"什么事？"

"大事，有一名女子，叫佐藤美奈，京都人士，有本市居留权——"

"喂，即时说到正题上去可好？亏你还是记者。"

"该名女子主动联络光明晨报，说要揭露本市商人朱华忠遗弃，她已生有一女，如今生活没有着落，又愧于回乡。"

礼子耳畔嗡的一声："昆荣，多谢你，她可有知会到别家传媒？"

"她特别看得起光明晨报，说是独家。"

“你们约了她什么时候？”

“明日下午三时在报馆会客室，礼子，你有何打算？”

礼子呆了一会儿：“我母亲——”

“是，我也那么想，你最好请律师陪同。”

礼子立刻通知姐姐，礼禾正在开会，开小差出来听电话，声音冷峻：“朱二小姐，这最好是重要事。”

礼子三句话把事情讲完，礼禾沉默了三秒钟。

“礼禾，怎么办？”

“你说呢？”礼禾反问。

礼子回答：“地大的乱子，天大的银子。”

“对，我去联络父亲，叫他准备银票，此事无须知会母亲。”

“父亲所作所为，实在太伤母亲的心。”

礼禾说：“现在不是检讨或是怪罪的时候，我去联络于启韶律师，明午三时见。”

礼子黯然，声音哽咽。

“别担心，佐藤小姐不过想讨笔生活费，否则，早就撕破脸吵了起来。”

“礼禾，我快要结婚了。”

“振作，礼子，努力你自己的幸福。”

礼子挂断电话，掩着面孔，双手还在簌簌发抖，王志诚找她，她也没有回答。

可怜的母亲，一次又一次，父亲不顾她的感受，仿佛用一把铁锤，血肉横飞地击杀她的自尊。

那天傍晚，礼禾来找妹妹，她精神疲乏，好似与什么人厮杀过，一进门便脱下外套鞋子，斟出冰冻啤酒，一饮而尽。

礼禾叹气："医者不能自医。"

礼子帮姐姐揉着腿："进行得怎么样？"

"我与于启韶在私人会所找到父亲，他终于愿意添多一笔现款，启韶又教我一些秘诀，我都准备好了。"

"倘若她还不愿意呢？"

礼禾答："启韶会得告诉她，最终受伤害的，是双方的女儿，她会一无所得。"

礼禾又取出两支啤酒与礼子对饮。

她忽然说到别的事上："我有一个女病人，四十八岁，癌症末期，她任职图书馆，从未结婚，她告诉我，她竟不知异性在耳边亲吻是何种滋味，也不曾被任何人紧紧拥抱，她对爱情一无所知，想象中似镜花水月，欢愉与眼泪，都与她无关，此刻，她无限惆惘：一切都太迟了，她终生过着素洁平凡枯燥的日子，她忽然向往爱情，即使是遍体鳞伤的关系也好……"

礼子听后不出声。

小公寓内静寂一片，就在这时，忽然门铃大响，有人在门外叫："礼子，礼子，开门！"

礼禾诧异："这不是志诚的声音吗，他怎么了？"

礼子去开门，王志诚铁青着脸："你为什么不听电话，你这是什么态度？"他忽然伸手推了礼子一下。

礼子被他一推，退后两步，十分错愕。

礼禾出来："志诚，是我。"

她把志诚拦下，拉到走廊，轻轻说了几句。

他明白了，涨红面孔，立即过来道歉："礼子，我着急，我鲁莽，对不起，你整天不听电话，我巴不得自露台爬进来见你。"

他紧紧拥抱她，下巴扣在她头顶。

王志诚不止一次显示他要百分百占有未婚妻的时间，简直不允许她有任何私人空间，否则，他会急躁生气，行为霸道。

但不知怎地，礼子每一次都觉得他情有可原。

这时他情绪已经恢复正常，轻轻问："可需要我帮忙？"

礼禾取起外套手袋："我先走一步。"

礼子却说："王志诚你送姐姐一程，别再回来，我想静一静。"

志诚只得说好。

在门口，礼禾对他说："你千万要记得，关心一个人，同控制一个人，是两回事。"

王志诚脸红耳赤，没声价道歉。

"志诚，下一次，千万不可动手推撞礼子。"

志诚失色："我有推她？我竟不自觉，我急疯了，我该死。"

礼禾叹口气："不必送我，我自己有车，你大可在礼子身上装置一具追踪仪，那样，你无时无刻都知道她在何处。"

礼子礼禾两姐妹一夜合不上眼。

幸亏年轻，第二天脸容看上去不算太差，她们特别修饰整齐，选择无侵略性大方衣着，准时到达报馆。

昆荣与惠明迎出。

“人已经到了，在会客室。”

门一打开，坐在里边的一大一小抬起头。

那日籍女子年纪不会比朱氏两姐妹大很多，她有一张小小秀丽瓜子脸，搽着比肤色白二号的粉底，长卷发，衣着考究。

最叫礼子触目的是她身边有一个两三岁小女孩，一头可爱乌发，一看就知道是朱华忠的女儿：她长得极像礼禾。

于律师自我介绍，出示名片，然后介绍朱氏姐妹。

佐藤好似不感意外，她亦无激动，她让于律师看孩子的出生证明文件及医院检查的遗传因子报告。

于律师也不多话，她轻轻把一张银行本票放在桌子上。

佐藤看了一眼，迟疑，摇摇头。

这时，于律师说：“这笔款子，你可以过日子了，不过，朱礼子小姐愿意给玛莉小姐一点见面礼。”

礼子也准备了一张本票，这时也拿出来。

那边礼禾说：“玛莉也是我妹妹。”她也有礼物，“这是我名片，将来有什么需要帮忙的，两个大姐姐当尽绵力。”

佐藤看到姐妹俩各出一百万，加上原先那笔，足够小玛莉读到大学以及她开设一家小小礼品店。

她叹一口气，把三张银行本票收好，大家都松一口气。

那小女孩忽然走到礼子面前，抬起头看她。

礼子轻轻问：“你好吗？”握着她小手。

这时，佐藤像是自言自语：“在东京因开会认识，立刻热烈追求，说是自少年起喜欢秀丽的日籍少女，天天送花，在公寓楼下等，中年人了，但风度翩翩，使独自在东京找生活的小秘书特别感动，说什么都可以，结婚、宣誓……终于随他到欧洲度假，来陌生城市定居，可是，女儿出生后，态度就变了。”

大家做不了声。

“其实是一贯的手段，只好怪自己，但为着生活，不得不厚颜无耻地勒索金钱，请予宽恕。”

于律师轻轻说：“事情已经告一段落，希望你以后小心。”

佐藤转向礼子：“听说阁下即将结婚，祝你幸福。”

这话听在礼子耳中，不知怎地，只觉遍体生凉。

佐藤抱起小女儿，静静离去。

这时，连于律师都露出倦容。

礼子惋惜说：“那小女孩多么可爱。”

于律师轻轻道：“我先走了，你们慢慢谈。”

礼子问礼禾：“是你的主意吧？”

礼禾点头：“我与启韶商量过，把父亲付的款项分为多份，使她心理上好过些。”

昆荣敲门进来：“事情解决了？”

礼子与礼禾与他握手：“谢谢你们，谢谢光明晨报。”

礼子问：“两位的好事近了吧？”

“十划没一撇呢，”昆荣苦笑，“惠家希望得到合理的聘金，惠明看中的公寓房子又超出我俩能力，我们还需挣扎，礼子，你才是幸运女，不用操心。”

礼子忽然说：“只要相爱就已足够。”

昆荣这时绽开笑容："是，你说得对，芸芸众生，茫茫人海，我找到她，她找到我，真是幸运。"

在车上，礼禾说："你的同事很有趣。"

礼子骄傲地说："我们这一行的人都不虚伪。"

姐妹同心："去看看母亲。"

朱太太正在午睡，礼禾轻轻进卧室看了一眼，掩上门出来，悄悄同礼子说了一句话。

礼子回答："人是一定会老的。"

"卸了妆，面孔上只剩两条青黑色文眉。"

"难怪都喜欢少女：苹果似脸庞，明亮眼睛，丰满身段，穿什么都好看，一天到晚咕咕笑……"

女佣端出点心招待，她俩吃罢，母亲尚未醒转，只得告辞。

礼子近来也容易累，礼禾告诉她，那是精神压力。

坐在沙发上她很快入梦，有人送来雪白礼服，礼子摇头："我不穿这个，俗煞人。"那人又出示另外一件深紫色缎子大圆裙。"不，"礼子说，"所有结婚礼服都不好看。"志诚走近："礼子，你别闹意气了。"她转过头去，志诚亲吻她肩膀。

那人不是志诚，礼子惊问："你是谁？"

电话铃叫醒她。

"朱礼子？请你来灵恩医院，王志诚医生想见你。"

"志诚怎么了？"礼子心惊肉跳。

这时电话里换了一个声音："我是志诚的同事李柏民，今晨一宗心脏手术失败，病人失救，志诚情绪沮丧，把自己锁在储物室内，迄今已有三个小时，不愿出来，我希望你来劝劝他。

礼子恻然："我马上到。"

李医生在门口接待处等她。

李医生轻轻说："朱小姐，请勿误会这是懦弱行为，医生也是人，也有情绪，医生也会哭，以我自己来说，每次病人失救，我都寝食不安。"

"我明白。"

"这次病人是一个十八岁品学兼优的高材生。"

李医生把礼子带到医院偏僻走廊，在一间储物室前敲敲门："志诚，朱小姐来了。"

他取出钥匙打开门，示意礼子进去，他走开。

礼子轻轻推开门："志诚，既然尽了力，也只得放开手，世事岂能尽如人意。"

里边传出呜咽声音："礼子。"

王志诚像个小孩似蹲在角落，神情疲倦沮丧。

礼子过去坐到他身边，把头靠在他肩上，轻轻说："真不幸，我了解你感受。"

志诚叹气："你来了。"

她握住他双手："他们说最困难是向家属交代。"

志诚低头不语。

"来，我们一起走出去。"

"礼子，我疲倦了，我双手颤抖，我再也不能做手术。"

礼子说："明天会好的，我对你有信心。"

"为什么我们都那么疲倦？"

礼子说："谁知道，上祖住洞穴，打猎为生，却精神奕奕。我们发明了各种机械，照说优哉游哉，但老中青都抱怨劳累。"

她拉起他，她却滑倒，他想扶她，两个人一起摔倒，像演滑稽电影一般。

志诚紧紧拥抱礼子。

这时储物室门外李医生咳嗽一声："我送咖啡来。"

礼子说："我们刚准备出来。"

李医生十分幽默："放下枪械，高举双手。"

志诚打开了门，原来门外还有其他医务人员，一起鼓掌。

礼子说："我要走了。"

李医生送她到门口："谢谢你，我们不得不出动温情牌。"

"我明白。"

朱礼子与王志诚言归于好。

隔两天，报馆同事替礼子举行送嫁会，大家挑了一间上海馆子，在贵宾厅里大吃大喝大闹。

礼子最高兴是与同事在一起，无话不说，像兄弟姐妹没结婚前那样亲切。

吃到鱼翅王志诚才来，礼子已经半醉，她与老陈猜拳，开头用普通话："八匹马呀，"后来用粤语，"你顶帽吖。"她大笑起来。

志诚皱起眉头："你低声一点，外边有其他食客。"

大家看了他一眼，这人奇怪。

礼子说："你别扫兴。"

志诚说："你也别失礼。"

礼子问他："你有什么不顺眼之处？"

"你的一只脚为什么踏在椅子上？"

惠明连忙解围："一时高兴，大家是熟人没关系。"

志诚却说："婚礼上没有一个不熟，且都看着我们长大，难道也这样不成？"

礼子声音变了，她掷下酒杯："我不结婚了。"

大家吃惊，静了下来。

王志诚拂袖而去。

老陈想去追他，有人说："别去理他，让礼子做回自己。"

"一天到晚管这个管那个，真受不了。"

"不如另外找更合适的人。"

"得福嫌轻。"

大家的黄酒都喝多了一点。

回到家，礼子觉得没有意思，两人都不够成熟，成日为小事吵闹，一人一句，各不相让，柔情蜜意荡然无存。

他为什么要说她，他为什么不能笑嘻嘻看着她猜拳？他自私，他应当替她高兴，代她喝罚酒。

礼子翻来覆去不能入睡，索性起来与惠明电话聊天。

惠明开门见山："这人不适合你。"

礼子笑："我喜欢昆荣，同阿昆一起多舒服，你干脆把阿昆让出来吧。"

"昆荣是个穷人。"

“我不怕，我有妆奁：大屋、大车、现金、股票。”

“礼子，小心。”她再三警告。

“你们都不喜欢他，为什么？”

“我们是自由工作者，崇尚自由，他却家长式管头管脚干涉自由，格格不入。”

礼子更加闷闷不乐。

第二天，探访母亲，意外看到于启韶律师。

“礼子，你来得正好，妈妈有话同你说。”

礼子看到母亲左手臂打着石膏，大吃一惊：“妈妈，几时受的伤，为什么不通知我？”

于律师代答：“手肘脱臼，打上石膏比较安全，是礼禾的主意。”

礼禾自书房出来：“礼子，坐下，小心听着，母亲决定与父亲分手。”

礼子跌坐在椅子上，张大嘴，又合拢，终于分开了，挨了那么久，半生在屈辱中度过，百般忍耐，不过换来对方进一步放肆，到今日方才觉悟。

太迟了？不，不，还有几十年要过，礼子轻轻站起，走近母亲，蹲下，伏在她膝上。

朱太太说：“你们长大了，可以接受这件事。”

“妈妈，”礼子平静地说，“我在家陪你一辈子。”

“我不用你陪，我已报名往瑞士学习烹饪及法语。”

“告诉我，手肘怎样受的伤。”

“皮外伤不算什么，提来做什么，过几日便会痊愈。”

礼子还要再继续追问，礼禾把她拉到一边："是父亲推跌她，她摔倒受伤。"

礼子变色："他殴打女人。"

礼禾叹气："碍于面子，我没有报警。"

"你我最最憎恨家庭暴力，怎么允许这种事在母亲身上发生。"

"于启韶将代表母亲单方面申请离婚。"

礼子关心："她的生活会有问题吗？"

"这方面，朱华忠十分慷慨，每个女人，都得到合理赔偿。"

"我们的母亲，也不过是其中一名女子。"

礼禾用专业口吻分析："他先天缺少尊重女性的感情，成长后环境又允许他放肆，一发不可收拾。"

礼子说："你好像并不恼怒。"

"只要她肯离开他，我已心满意足。"

两姐妹陪母亲整整一日。

朱太太问："怎么不见志诚，他在医院做手术?."

礼子不出声。

只听得母亲说下去："志诚也算百中无一的好对象了，有学历有收入，长得也英伟。"

礼禾轻轻说："爱你尊重你的才是最佳对象。"

朱太太说："我因祸得福，如不是这段婚姻，我哪有两个好女儿。"

礼禾与礼子在客房里过夜。

客房本是她俩寝室，礼子说："小时半夜常常听见母亲隐约饮

泣，不知你记得否。"

礼禾叹气："怎么忘得了，父亲往往临天亮回来淋浴换衣服，不到一会儿，又再出门，很少见到他。"

"真奇怪他会喜欢那样的浪荡生活。"

"二三十年了，好此不疲，仍喜冶游，他把家庭妻女当摆设，也不可缺少。"

"礼禾你决定与他脱离关系？"

"那并不是太过困难的事，礼子，睡吧，我疲倦了。"

礼子入睡，可是不久，噩梦又降临，她在梦中苦苦挣扎，喉咙发出啊啊响声，吵醒礼禾。

她推醒妹妹："可怜，果然心神不宁，来，喝杯热牛奶。"

礼子一额汗，呻吟不已。

"你梦见什么？"礼禾恻然。

"我背夫别恋，妒夫用刀插我。"

礼禾一听，忍不住微笑："听上去好似十分值得。"

"那男友极其英俊，强健胸膛，温柔微笑，他有非常柔软嘴唇，我舍不得离开他。"

"是志诚吗？"

"不，不，不是他。"

"那么，这不是噩梦，这是绮梦。"

礼禾得不到回答，一转头，发觉妹妹再度睡着。

她起床梳洗，看到母亲，连忙挂上笑脸。

"姐妹俩晚上说些什么？一直不住咕哝。"

礼禾答："礼子一点也没有疑心。"

"那就好，你不知道的不会伤害你。"

"永远不对她讲出真相？"

"是，这件事由我来担当好了。"

"我要赶上班，放工再来。"

朱太太说："我懂得自处，你们两姐妹不必缠着我，倒是礼子，她与志诚为何老有龃龉。"

礼禾答："两人个性都强，互不相让。"

"快要举行婚礼了，真叫人担心。"

"不怕，可以离婚。"礼禾微笑。

"这是什么话，当姐姐的言行要做榜样。"

这时于启韶律师来了，她说："朱先生完全答应你的条件，在礼子婚礼后才宣布分手，他会出任主婚人。"

大家松口气，无限感慨。

礼禾说："启韶，忙坏你了。"

于律师微笑："哪里的话，我按时收费，你收到账单时便知不必谢我。"

于律师让朱太太签署若干文件。

礼子自寝室出来，仍穿着昨日那套运动衣衫。

礼禾说："你看你多邋遢，这种没有腰头的裤子真坑人。"

于律师笑："我一上飞机也立刻换上这个。"

朱太太笑："从前我们老土得穿旗袍高跟鞋乘飞机。"

她们像没事人似谈笑，朱太太真的毫无感慨吗，当然不，她

伤心吗，又何必做出给任何人看，有人会怪她无动于衷否？当然会有，但到了一定年纪，已知道不必表露真性情。

朱太太说："你们都去上班吧。"

这时女佣走近说："姑爷来了。"

王志诚在客厅等，礼禾与他说了几句。

他愕然："家里最近发生那么多事，难怪礼子情绪欠佳。"

礼禾说："你要体谅她。"

"是，是，我明白。"

嘴里是那样说，可是看到未婚妻蓬头垢面不修边幅的模样，又皱上眉头。

礼禾看在眼里："又怎么了。"

志诚搔搔头："我原先以为女作家秀丽婉约，唯一弱点或许是太过伤春悲秋，没想到——"

礼禾微笑："那不是真的，正如玉女明星也许外形如不食人间烟火，但实际上可能好赌酗酒，你永远看不到真相。"

志诚不出声。

"后悔还来得及。"

"不，"志诚说，"我会改变礼子。"

礼禾摇头："危险，本性难移，你若爱她，让她做回自己。"

礼子走近："在说我坏话？"

礼禾说："快做新娘子了，斯文些，别那么豪放。"

礼子诧异："我待人彬彬有礼，我从不说粗话，难道要我学习笑不露齿，走不动裙。"

“礼子今晚你要见王家长辈。”

“不是已经见过了吗？”礼子吃惊。

“还有一群表亲。”

礼子呻吟，当初是怎么昏了头答允婚事的？

礼禾把衣物皮鞋手袋交在她手上：“记得换上。”

天气已经很热了，还得穿丝袜与半跟鞋。

礼子不得不与志诚冰释误会去见王家长辈。

那套淡黄色套装真讨好，家长们非常满意，议论纷纷。

“娘家看样子环境不差”，“她皮肤非常细腻”，“那串大溪地珠子很圆很亮”，“笑脸十分甜美”，“不多话，颇文静”，“福气真好，嫁给医生，不必读医”。

他们似乎不介意礼子是否听得到。

人就是那样，去到一定年纪，自觉可享特权，不必再理会他人感受。

礼子如坐针毡，套装的领子有点紧，她趁人不觉，伸手去抓了一下，发觉脖子上有红疹。

礼子吓一跳，照一照镜子，原来整个胸口都起红斑，敏感！不知是否王家食物有问题还是不习惯长辈评头论足，皮肤又痒又痛。

礼子又忍耐一会儿，渐渐那红疹蔓延到耳后及腮旁。

她把志诚拉到一边，他看到也吓一跳。

“找个借口告辞吧，真不好意思。”

志诚抱怨：“你确会淘气。”

他带她回医院打针吃药，礼子看着红疹慢慢平复，可是一两处抓过的肿块却开始溃烂，需敷药黏膏布，礼子有点狼狈。

志诚说：“你还有什么暗病，好说明白了。”

礼子已没有幽默感，她轻轻答：“朱家患麻风。”

志诚也没好气，不再搭腔。

那一晚，又不欢而散，礼子不敢相信当初的两情相悦似乎已成追忆。

第二早，胸前的膏布一揭，她吓一大跳，皮肤已经起脓。

她连忙找礼禾诊治。

礼禾说：“不怕不怕，我给你下药。”

礼子有感而发：“幸亏还有姐姐。”

她记得极小之际，在小学一年级给顽童欺侮，姐姐赶来搭救，也是这么说“不怕不怕”地安慰她。

“公寓已装修好了，去看过没有？”

礼子问：“皮肤无故溃烂，是否食肉菌？”

“你可在王家吃过海鲜？”

“他们家把鲍鱼切了片当零食，我吃过一些。”

“这种习惯最不卫生。”

“姐，我对王家一无所知，亦不适应，真不想嫁他们一家。”

“礼子，新居是王家所赠，将来他们少不免前来做客。”

“救命。”礼子叫苦连天。

礼禾欲言还休，有点吞吐。

“姐，你有话说？你我之间，直言不妨。”

“没什么，大人了，请你做人小心稳重。”

“不，姐，你瞒不过我，你心里有事。”

礼禾犹疑片刻，才缓缓说：“礼子，王志诚曾经有亲密女友。”

“那不是新闻。”

“她叫苏杭，后来分手，原因不明。”

礼子微笑：“你记得林杰与郝大雨吗，我与他们也无疾而终。”

礼禾说：“那女子住在本市。”

礼子诧异：“你去调查他？这是为何来？”

“因为我觉得蹊跷，我有第六感。”

“在背后探测不是好事，让我当面问志诚好了。”

“礼子，你太冒失，不能以心为心。”

“就要结婚了，还有什么话不能说的？”

礼子忽然觉得烦躁，伸手把胸口膏布撕下，血水从伤口沁出。

“礼子，忍耐。”

礼子已经离去。

晚上见到志诚，她斟出香槟，他诧异：“庆祝什么？”

礼子答：“我喜欢香槟，闲时便喝，你不知道？”

“你嗜酒？”

“志诚，你我并不了解对方，认识你之前我已养成许多陋习。”

“不要紧，可以慢慢改过。”

“志诚，这些坏习惯都是我的生活享受，我不打算改过。”

志诚看着她：“如果相爱，就会互相迁就。”

她也看着他：“志诚，你从前有个女朋友？”

志诚一怔，忽然笑了：“我以前有许多女友，可以慢慢说给你听。”

“那么，我说清楚一些，她叫苏杭，名字如此特别，应有记忆。”

王志诚错愕：“你在背后打探我？”

礼子越来越觉得他与她当初认识的王志诚不一样。

“你想知道什么？”

“谁是苏杭？”

“曾是未婚妻，后来她另结新欢，离开了我。”

礼子微笑：“她找到比你更好的人？”

“是，礼子，世上确有比我更好的人。”

“你可伤心？”

“我已痊愈，礼子，如果有人在你面前讲我坏话，不要诧异，这世界充满妒忌黑心人，我劝你不必理会。”

她再也问不出什么，只得静静一个人喝完一瓶香槟。

“新居已经装修妥当，这是门匙，你可以去看看。”

礼子点头。

门匙上有一块可爱的牌子，上边写着“甜蜜之家”。

礼子不会误解舒适就是幸福。

“轮到你坦白，你从前与些什么男生来往，因何分手。”

“那当然是人家也找到了更好的对象。”

“真的比你更好？”

“他觉得好便是好，别人的感受不要紧。”

“来，一起去看新居。”

志诚若无其事把车子驶往山上。

苏杭这个人在他心目中仿佛完全没有印象，抑或，他的伪装完美？

新居最突出之处是一间为礼子所设的宽敞书房：一直到屋顶的书架子，三乘六英尺大书桌，对牢看到全海景的落地大窗。

礼子微笑，可是，坐在这里，不一定写得出好文章呢，世事还算公平。

“你应当满意，姐姐花了许多心思。”

这时礼子的电话响起。

志诚命令：“关掉，等我把话说完。”

礼子低头一看，是报馆打来，说声“抱歉”，走到露台去听，她再也料不到志诚会忽然动怒，追上来一掌把她的手提电话打掉。

那小小电话飞脱，直溜溜往二十多层楼堕下。

礼子吓得毛管直竖，强作镇静，不发一言，走回屋内，然后，抢过手袋，奔出新居。

王志诚在她身后喊：“礼子，礼子。”

礼子进了电梯，急急按钮，降到地下，奔到街上，叫了计程车便着司机速速驶走。

二十多层楼高，栏杆只齐腰高，他若大力推她，摔下楼的就是她，后果不堪设想。

此君如此暴戾，可怕。

礼子的心突突跳，吹着风，她忽然镇定下来。

她嘱司机把车驶往报馆，那是她第二个家。

她对他已有充分了解：这个人不适合做终身伴侣，他无法控制暴烈脾气，迟早会出事。

必须解除婚约。

老陈看见她讶异："你怎么会有空？"

"我来复工，我的桌子在哪里，我要求恢复年资。"

昆荣迎上来："惠明找你呢，她问你喜欢哪个牌子瓷器，大家合份送礼。"

礼子说："我不结婚了。"

大家面面相觑："临阵退缩，你害怕了？"

礼子点头："怕得发抖。"

"他不该叫你辞工，在家时间太多，想东想西，想出祸来。"

"请帖发出没有？"

有人代答："万幸还没有。"

又有人代为庆幸："那倒还好，否则，得逐张去收回。"

但亦有人惋惜："那么好的对象——"

昆荣这时走近："可要替你在报上刊登一则分手启事？"

惠明说："分手、悔婚，都是平常事，何用登报声明，留三分余地，以后好见面。"

"也许礼子永远不想再见他。"

惠明答："如果以后成为陌路，何用刊登广告？"

昆荣感动："惠明，你够忠恕，又真正忍耐。"

惠明对礼子说："你考虑清楚，妥善处理此事。"

这时礼子跑去听电话，回到报馆，她又活转来，每个细胞都找到方向，如鱼得水。

只听得她大叫一声“马上来”，立刻与摄影人员跑出去。

这是一宗警员受袭事件：“有一名女子报案，说丈夫用利器威胁她，女警安康与拍档上门调查。”

她走到前门，拍档配合，在后门守候。

她按铃：“陆先生，警察，请你出来应门。”

就在此时，隔着门，一枪射穿木门打中她左腿，安康倒地，她拍档大惊失色，召后援帮忙。

记者接获线报赶到，救护人员已把安康抬上救护车，朱礼子扑上去：“她情况如何？”

“不要阻碍我们工作。”

“该警员有无生命危险？”

护理人员摇头：“一条左腿轰得血肉模糊。”

礼子悲愤莫名，用手格开救护车门，只见受伤女警安康双目紧闭，面色煞白。

救护车飞快驶离现场。

事件当然没有完结，警员荷枪实弹包围民居，这时大量记者已经赶到。

可是，大门轻轻拉开，一名少妇抱着孩子走出屋外，警员立刻把她们接到安全地方。

接着，警员扑进屋内，记者紧张注视，以为会有枪战，可是只见警员静静出来。

“什么事？”有人大声问。

礼子走前询问，她得到结果：凶手已自杀身亡。

礼子说："我向邻居访问几句。"

邻居纷纷出来看热闹："这里一排村屋，孩子们都一起玩耍，陆先生是货车司机，工作辛苦，但收入不错，一家三口从来没有问题，完全看不出来。"他们见到记者说个不停。

"不过陆太太时时跌倒受伤，好几次带着黑眼圈送孩子上学。"

"陆先生待人和气，时时帮老人家修理电器。"

"真看不出"是外人常用语。

事发之前，一点先兆也无？没有可能，可是外人哪里看得出蛛丝马迹。

礼子到医院去探访女警情况，医护人员说："警方稍后会得发布消息，此刻，她在手术室。"

礼子说："我们回报馆交稿吧。"

这时电话响起，是惠明声音："礼子，暂时不要回报馆。"

礼子讶异："我们刚做完新闻。"

"王医生在这里。"

"什么？"礼子吃惊。

"他大吼大叫老陈把你交出来，似足失却理智。"

"不必理他。"

"礼子，他手持垒球棒，已经打烂你的案头电脑。"

礼子不相信耳朵，她忽然想起四个字：真看不出。

"现在护卫员已经包围他，逼他离去。"

礼子挂上电话，一额一背脊是冷汗。

她叫同伴："我们回报馆。"

一进大堂，老陈迎出："礼子，对不起，我们报了警。"

只见警员走近："这位就是名记者朱礼子小姐，我们都拜读过大文。"

他笑嘻嘻，仿佛不大重视这件破坏案子，当做男方争风喝醋小事。

礼子气结，又不好分辩。

"请朱小姐随我们到派出所说几句话。"

老陈说："礼子，规矩上我们必须这样做。"

礼子扬扬手表示明白及不必多言。

原来王志诚也在警署，这时朱礼禾已经赶到，她有若干熟人，立刻与他们谈了几句。

接着，礼禾低声斥责妹妹："怎么会搞成这样？"

礼子不出声，坐在一角。

礼禾看着她说："寒窗十载，你对得住笔记与功课？"

礼子知道这些话是说给他们两个人听。

"婚礼已经取消，母亲会得通知各方面，你们不必操心。"

王志诚忽然问："朱礼子你可是另外有人？"

礼子看着姐姐说："我有无别人无须交代，我只知道光明晨报已将我辞退，我的名誉已永久受损。"

警员走近："王医生，请你向朱小姐保证不会发生同样不愉快事件。"

这时礼子忽然抬起头发问："你们的同事安康情况如何？"

“安康左腿无法挽救，只得切除。”

礼禾轻轻说：“警务人员工作永远受我敬佩。”

“王医生，如果再犯，朱小姐可以向你发出禁制令，你们可以走了。”

王志诚说：“礼子，我想与你单独说几句话。”

礼禾站到他面前，轻轻说：“过几天，志诚，现在不是说话的时候。”

她带着礼子离去。

礼禾轻轻在妹妹耳边说：“奇怪，他叫我害怕。”

礼子苦笑，有什么奇怪，她怕得浑身僵直。

礼禾说：“在船上我们捉迷藏跳舞打球……多么愉快，我不知多庆幸他将成为朱家一分子，怎么会变成今日模样。”

礼子轻轻说：“因为我与他心目中的女作家斯文婉约形象不符，他大怒失态。”

“礼子，你到我家来住几天，要不，回娘家去。”

礼子答：“不，我住酒店，我不想骚扰你们。”

“也好，反正你也要搬家。”

礼子发呆：“真有如此严重？”

“礼子，你我比谁都清楚，此事不可掉以轻心。”

“礼禾，这件事我也有错，我不该轻率允婚。”

礼禾悻悻然：“当然你也有错，你昏了头。”

“妈妈怎样？”礼子担心。

“她失望失眠，都是你累的。”

礼子内疚："我也感到压力，我也希望完婚。"

"现在后悔还来得及。"

"以后，还会有人敢追求我吗？"

礼禾没好气："这是你目前最不需要关心的问题。"

惠明打电话给礼子："你到宝珍家去住几天吧。"

"我不想麻烦亲友。"

"你放心，宝珍要往东京，她那里比酒店舒适安全。"

宝珍的车子已经来接。

礼子问："新工作如何？"

"已经是老工作了，你还问。"

"到了日本，替我带些标致T恤回来。"

"这是我家门匙，小心放好。"

"我想回家拿些日用品。"

"叫男同事陪你。"

"宝珍，你们真觉事态如此严重？"

"礼子，他已用垒球棒打烂半间新闻室。"

礼子用双手捧着头，不出声。

宝珍问："他可有对你动手，他可有造成可见伤口？"

礼子苦笑，"可见伤口"，讲得真好，不，不，王志诚造成的伤口都是肉眼所看不见的。

那天晚上，礼子看着宝珍收拾行李。

宝珍说："美国人见我会说些日语，想派我驻东京，薪水双倍，叫'困难津贴'，我想趁机会学好日文，公司替租的公寓在神

社附近，区域不错。”

礼子问：“这个地方呢？”

“我打算留着这项投资，有个退路。”

“那干脆租给我好了。”

宝珍诧异：“可是装修家具合你口味吗？”

“我从不计较这些，这是我的福气。”

“那么一言为定，我叫人做租约。”

礼子有感而发：“宝珍，你真能干，一切自置，不求人。”

“礼子，我入行已十年，你与惠明的资质都比我聪颖，也升得快，但是我勤力用功，所以又占了优势，我最近也累得不像话，闹钟响后十多分钟还起不来，朦胧中肉体仿佛已在工作，可是实际还躺在床上。”

礼子恻然：“灵与肉累得分了家。”

“我想安顿下来，结婚生子。”

“是，半夜起来给幼儿喂奶，天未亮送子女上学。”

“一个女人到底几时才能真正休息？”

“你听过息劳归主这四字没有？”

宝珍回答：“况且要找个合适对象也不容易，有同事说出两个条件：秃头不可，胖子也不。”

“没有生活情趣更不行，当然，男人得有正当职业，无不良嗜好。”

“除出我们自家兄弟，哪里找这样的人去。”

“昆荣不错，”礼子想起，“昆荣是好人。”

“昆荣是穷小子，你有妆奁，才不计较。”

说说笑笑，礼子心情好过许多。

第二早醒来，宝珍已经出了远门。

礼子吁出一口气，振作精神，回家安慰母亲，一进门就说：“妈妈，不好意思。”

“过来礼子，”母女紧紧拥抱，“我支持你的行动与意见。”

“妈妈，谢谢你。”

“不谢，母亲还可以做些什么。”

“礼禾都告诉你了？”

“妈妈陪你出去散心，你爱去哪里？”

“昨日我看见旅游节目中的巴黎，我想去花都。”

“我鼓励你，到欧洲住上一年半载，等亲友都忘记这件事才回来从头来过。”

礼子吃惊：“一年半载，那不是放逐吗，做什么好？”

“学蓝带烹饪，中兴厨艺，造福家人。”

“妈妈，你对我真好。”礼子落泪。

“你与礼禾是我生命中的礼物。”

只有母亲才会这样轻易饶恕她吧，王家上下，一定会把她打入地狱。

婚礼取消后，王家心情沉重。

“可是朱礼子知道了什么，有谁说是非？”

“志诚的脾气从头到尾没改过，你能怪谁？”

“志诚不是已经在看医生了吗？”

“唉，志诚这毛病不改，怎样结婚。”

礼子当然没听到，她到小公寓去收拾私人物件。

一打开门，不知怎地，她浑身汗毛竖起。

为什么？她也说不上来，可是她脚步放轻，步步为营，缓缓走进自己家里。

一切没有异样，家具、书籍、衣物，都照原来样子摆放。

礼子取过大行李袋，把重要私人文件放进袋里，她走近书桌，忽然凝住。

书桌上有一张礼禾与礼子合摄照片，一直放在电脑旁边，此刻平放，银相架上插着一把冰钻，直刺在相中礼子的头上。

礼子一看，眼前发黑，那人恨至深力至大，冰钻插进通相架子直透桌面，牢牢钉在桌上！

礼子当然知道这是谁，一定是王志诚，他怎么会有门匙？礼子一向把钥匙放桌上，他来来去去，要配多一条，实在不算稀奇。

礼子猛地抬起头，说不定他此刻就在屋里，躲在柜中、门背，或是走廊。

礼子丢下袋子，打开大门，逃出家中。

她眼前发黑，看到闪光点点，要靠在墙上喘息。

礼子内心苦涩，她只不过是悔婚，她与他又无杀父之仇，从前与男友分手，他们最多对她不理不睬，何至于如此极端。

她跑到姐姐处，脸色苍白，忽然呕吐。

礼禾相当镇定：“这是申请禁制令的时候了。”

“那会影响他的工作。”

礼禾说："至今你还为他设想，他分明有狂躁症，他应立刻找心理医生帮助处理，同时，警方会限制他接近你住所、办公室或人身。"

礼子痛哭："我不再爱他。"

"他也不再爱你，"礼禾说，"他狠狠恨你。"

"我只想他丢开我。"

"那也不是那么容易的事，你出外避一避风头吧。"

"叫我躲到何处去？"

"美、加、英，低调处理，待他结婚生子，你可甩难。"

"礼禾，别开玩笑。"

"他在气头上，这人又不能控制怒火，你不可掉以轻心，虽然你们尚未成家，这可也是家庭暴力事件。"

"我怎么办，换门锁？"

"那里住不得了，你搬家吧，我找人帮你收拾细软，你秘密订飞机票往外国是最佳选择，我会替你找一个人谈谈。"

"谁？"

"那个叫苏杭的女子，王志诚第一任未婚妻，从她口中，或可知他心态。"

"我是调查专题记者，这事应当我来做。"

礼禾看着她："你处境可安全？"

"我会照顾自己。"

"很多女子都那样说，不久她们便告失踪，数月后腐烂躯体才被旅游人士发现。"

“什么话！”

“我自运输署驾驶执照部得到苏杭的资料。”

礼禾自抽屉里取出一张文件，礼子一看，那是一张驾驶执照的影印本。

啊，她低呼，相中人竟与她有七分相像。

“猜一猜她的职业是什么。”

“她像一个有成就的艺术家。”

“苏女士在华南大学任教，主持明清小说讲题。”

“多么娟秀文雅，她与王志诚之间发生什么事？”

礼禾看着她：“你说呢？”

“我立刻去探访她。”

“她已婚，有两个孩子，生活安乐，你考虑一下，是否应当去骚扰人家。”

“我想知道我是否应该下禁制令。”

“去吧。”礼禾叹口气，“你自己小心。”

礼子的精神像是回来了。

她取得地址，找到郊外大学区一幢小洋房去。

小屋白色墙壁上爬满鲜红色流浪玫瑰，十分漂亮。

流浪玫瑰其实是华人的攀藤植物蔷薇花，古人喜在庭园中搭架子种植蔷薇及紫藤，爱它颜色鲜艳香味动人。

礼子从未在都会中见过那么美丽的花墙，它的主人一定也清秀脱俗。

她上前按铃，女佣出来应门，抱歉地说：“太太不在家，我不能让你进来。”

礼子张望一下，只见屋内一尘不染，简单原木家具，走廊里有一只皮球。

她轻轻说：“我稍后再来。”

“她到附近超级市场买冰激凌，很快回转。”

礼子回到车里静静等候，一阵微风吹来，带着花香，令她神清气朗，小鸟啜啜叫，她轻轻说：“是，你也好。”当做问候。

真想不到闹市附近就有世外桃源，礼子扭开收音机听音乐，一个少女哼哼唧唧的声音：“爱情慢慢杀死你……”呢喃得仿佛在说故事。

刚在这个时候，一辆旅行车回来了，在路边停好，车门打开，女佣自屋边迎出，从车内带出两个小孩，抱回屋里。

一个少妇打开行李箱，取出一袋袋杂物。

礼子看清楚，原来少妇已经怀孕。

是什么令一个女子不辞劳苦每年生一个孩子？不可思议，头两名那么小，老三却又要出生，啊，他们一定非常相爱，生活必然安定，礼子替他们高兴。

礼子下车走近：“让我助你一臂之力。”

少妇转过头来，见是打扮朴素漂亮少女，以为是新邻居，便笑答：“那我不客气了，这是两袋水果，那是牛奶，都不轻呢。”

礼子帮她搬进屋内，放进冰箱。

少妇笑问：“你贵姓，在读书还在做事？我需要临时保姆，你可愿意赚外快？”

礼子答："苏杭小姐，我是光明晨报记者朱礼子。"

"记者？你知道我名字，有什么事？"

"我可以喝杯茶慢慢谈吗？"

少妇疑惑问："你想知道什么？"

礼子轻轻说："我原是王志诚医生的未婚妻，但最终决定解除婚约。"

这两句话像游丝一般钻进少妇耳朵，她顿时失色，站进来说："请你即刻走。"

"苏小姐，我与你在一条船上。"

"不，你看到了。我已是三子之母，我丈夫快下班回来，我们要准备晚饭了，请你离去。"

礼子恳求："请帮我忙，我非常彷徨，王志诚似乎失去理智，我考虑向警方求助，又想留些余地，请予忠告。"

苏杭抬起头，她苍白脸容十分秀丽，叫一个孕妇激动真是罪过，礼子觉得过分，她叹口气："对不起，打扰你，请你原谅。"

礼子走向大门，就在这时，苏杭叫住她："请等等。"

礼子转过来，她相信她的脸色也不会好到哪里去，两个惨淡的女子相对无言。

苏杭进厨房做一壶香片茶："请坐。"

礼子缓缓坐下，喝一口茶，定定神。

苏杭抬起头："你尽快知会警方，要求保护。"

礼子心中一片冰冷："有多坏？"

苏杭轻轻解开衣领，礼子一看，霍一声站起，退后三步，撞跌椅子。

女佣听见声音，进来问："太太，一切无恙？"

苏杭答："没事，你去照顾孩子吧。"

礼子颤声问："是他做的？"

苏杭伸手抚摸颈底喉头一道蚯蚓般的疤痕，轻轻说："这次生产后，我会到矫形医生处治疗伤痕。"

"他割伤你？"礼子指着她。

苏杭点头："我丈夫不知此事，他以为我做过手术。我在医院躺了三天。"

"为什么不将他逮捕？"

"他家人带着律师来说项，答允多宗条件。"

"苏小姐！你真糊涂，你怎么可以接受和解？"

"我有我的苦衷，你快报警吧。"

礼子还要追问："他因何事暴怒？"

"朱小姐，我只能讲这么多，请你走吧，不要回来。"

这时两个幼儿奔出叫妈妈，礼子知道是告辞的时候了。

真凑巧，大门推开，男主人回来，大声叫孩子名字，一手抱起一个，他是个五短身材，一看就知道脾气一级的好好先生。

"啊，家里有客？"他客套，"不多坐一会儿？"

礼子唯唯诺诺低头退出，她不能再打扰她了。

回到车内，发觉全身簌簌颤抖。

王志诚不但会用暴力，而且出手想置人于死地。

礼子把消息告诉礼禾，礼禾说："我立刻知会于启韶。"

这次，礼子不但不觉害怕，相反有种舒泰：来就来吧……

一间漆黑房间，礼子推门进去，如上次一样，听见哭泣声，房间渐渐光亮，她看到那对母女。

她问："为什么哭泣，可以告诉我吗？"

少妇说："请帮我照顾孩子。"

礼子问："你要到什么地方去？"

她指指额头上一个洞，洞里流出黑色血液。

礼子追问："谁伤害你？我替你报仇。"

这时，那孩子忽然转过头来，礼子第一次看清楚她的容貌，她大吃一惊。

礼子大叫："你——你。"

她滚跌下沙发，礼禾赶进来扶起她。

只见礼子号叫："那是我，那是我，我看到我自己。"

礼禾按着礼子双手，向护士说："替她注射。"

礼子痛哭，姐姐拥抱着她，任她发泄。

"你精神受到极大困扰，礼子，你最好离开本市去别处松弛，我替你订飞机票往伦敦。"

"我不去，我不愿离开你们。"

"那么，好好躲母亲家休养。"

于律师推门进来："我已尽快赶到，可是已做了一些调查。"

礼禾说："愿闻其详。"

"我的朋友科隆负责王苏案和解，基于律师/当事人之间守秘条约，不可透露细节，但是他打一个比喻。"

“请说。”

“假设有一对年轻男女，情投意合，假设他俩征得双方家长同意，决定订婚，一有婚约，假设男方占有欲越来越强，叫女方无法忍受，任何小事都可引起他的不安：同学电话，同事共聚，他都查根问底，并且阻止未婚妻与亲友来往，女方渐感窒息，稍有反抗，他便拳打脚踢，女方要求解除婚约，一晚，假设他躲在楼梯角，手持锋利手术刀，伺候等她出来，割伤她喉咙，差点伤到大动脉致命。”

礼禾听到这一连串假设，拳头越握越紧。

“女方被送进医院，假设男方家长连忙邀请律师帮忙议和，摆平此事。”

礼禾问：“条件是什么？”

“大量金钱，并保证男方永不骚扰再犯。”

“女方不似贪钱的人。”

“她家庭环境欠佳，的确需要援助，与其两败俱伤，不如趁机下台。”

礼禾气愤：“倘若她起诉他，礼子就不会受到伤害，她放走了一名凶手，都是你们律师干的好事，大力怂恿议和。”

于律师提高声音：“也有人控诉律师唯恐天下不乱，专门教人打官司。”

“一定要将他绳之于法。”

那边礼子已靠药物帮助沉沉入睡。

于律师叹口气：“我也爱睡觉，假期可以一眠不起，直睡十多

个小时，睡着什么烦恼也无，无知无觉无色无相。”

礼禾轻轻说：“你寂寞了，我也是。”

于启韶说：“也许都应该一早结婚生儿育女。”

礼禾吟打油诗：“女儿愁，悔教自身觅功名，碧海青天夜夜深。”

“得了，心理学医生。”

“在弗洛伊德之前，坏就是坏，好就是好，全是天性使然，与心理无关，事实上也没有心理一词。”

这时看护进来：“医生，病人到了。”

于律师说：“我去替礼子申请禁制令，叫王志诚不得在一百五十米范围接近朱礼子。”她告辞离去。

病人缓缓走进，朱医生请她坐下。

她脸上蒙着丝巾，浑身紧张不安绷紧。

朱医生轻问：“可以解下丝巾，我们这里没有外人。”

也许是医生声线柔和可靠，可能她已压抑良久，她颤声说：“医生，我实在不想再活下去。”

朱医生说：“凶手已经被判十二年监禁，罪有应得，他原本想伤害你，结果他也成为受害人，我读过你的资料，你不必害怕。”

“医生，你得救我。”

“心理医生不能建议你该怎样做人，医生不过帮助你救援自身。”

她先用手捂住脸，然后扯下丝巾。

礼禾看到的面孔并无血迹破损疤痕，在丝巾下，病人还戴着一只透明塑料面具，紧紧贴在五官之上，像蒙着一层保鲜纸。

礼禾知道病人脸容受到炙伤，面具用来加压，防止伤口结痂，使她看上去阴森可怕。

病人饮泣："他放火要烧死我，为什么？"

礼禾忽然想到礼子，见多识广的她竟不寒而栗。

"他一边狞笑一边高叫：'没有人可以得到你！'我奔到街上，好心途人用大衣扑熄火焰，代我报警，我才得以存活，有时真希望已经死去。"

朱医生无限感慨。

她等病人离去之后，过去看亲妹妹。

看护说："医生，一位王志诚找你。"

礼禾一震："他在什么地方？"

"他打过多次电话来，说稍后会到你办公室。"

礼禾想了一想："说我已经下班。"

她推醒礼子，送她回宝珍家休息。

礼子内疚："连累你了。"

"他要见的是你，警方会禁止他接近你。"

"为着大家安心，我决定到外国逗留一段时间。"

礼禾陪她回宝珍家中，决定守护妹妹，她在沙发过夜，被礼子请入房中，礼禾说："这时希望配枪。"礼子浑身发冷。

事情已经到这种地步了，亲人如此紧张，可见已预见危机，礼子叹气，在沙发上拥着毯子勉强看书。

礼禾已入睡，礼子刚想熄灯，忽然听见门外有声音。

礼子一惊，看着大门门缝，只见有黑影走来走去，轻轻呢喃声传来："礼子，开门，礼子，开门……"像一只鬼魅，叫礼子汗毛直竖。

她认得那声音属于王志诚，她一时慌了手脚，不知所措，四肢不能动弹。

黑影仍在走廊徘徊，他竟懂得找到宝珍家，一个医生竟沦落到把精力时间用在追踪威吓女性，真叫人难过，可是朱礼子此刻只知害怕。

忽然有一只手搭在她肩上，礼子整个人瘫痪。

原来是姐姐醒来，礼禾凝视门缝，半晌她作出决定：拨电召警。

片刻，门外的王志诚似乎有所警觉，黑影蓦然消失，接着，两名警员来到视察。

打开门，只见门槛附近一大堆烟蒂，可见他已不知逗留多久，礼禾毛骨悚然。

礼子喃喃说："他并不吸烟，这不似他。"

礼禾叹气："谁看得出那会是王志诚医生。"

天亮了，当天下午礼子就离开本市往北美。

在飞机舱里一个年轻男子向她走近，她觉得他像王志诚，一颗心突突跳，吓得浑身麻痹，闭上双眼一会儿，再睁开，发觉只是陌生人，这才恢复知觉。

她吃不下睡不着，年轻男子劝她："喝些牛奶，别紧张，是头一次乘飞机吗？"

下了飞机，她找到一间酒店入住，越是陌生地方，她越发松弛，休息过后，她到镇上找到出租公寓，并且在附近社区学院报名读烹饪课程。

她同姐姐通话：“我到达小镇了。”

“西雅图不算小城，号称碧绿城市，可见风景甚佳。”

“那人可有骚扰你？”

“希望他只是一时浊气上涌，很快找到别人。”

“好像很黑心的样子。”

“我到灵恩医院询问，他们说他告长假，你要提防。”

“连你都不知我的住址，我想我会安全。”

“记得每天打电话回来。”

礼子报读甜品班，原先以为老师会教做苏芙厘或是妒忌蛋糕，但初级班一味教做松饼，这也好，做完了互相交换来吃，每只五百卡路里，礼子渐渐增磅。

她另外找到一份带狗散步散工，每早在某大厦司阍处接过四条寻回犬，往公园溜达个多小时后送还。

礼子不介意这种游学生涯，但她内疚浪费时间，说不定半年后回到家，宝珍惠明她们已经荣升主任，那她就吃亏了，唉，真叫王志诚累死。

一个月后她觉得闷腻，告诉礼禾，她要回家。

礼禾说：“妈妈十分想念你。”

“她与父亲如何？”

“终于正式分手，说也奇怪，现在每星期爸爸回家一两次陪母亲吃饭，有时还一起观看旧电影如乱世佳人与金玉盟等。”

“他们其实应是星球大战一代。”

礼禾说：“王志诚静下来，他，或是他的亲人都没有联络。”

“人们还记得我与他订过婚否？”

“本市股票指数这两个星期骤然下跌三千点，谁还有空理你这种小人物。”

“那么我可以回来了。”

“礼子，你已是成年人，即使本市没有王志诚，以后想你也明白要小心做人。”

“我明白，以后我一定会战战兢兢。”

“我会着手替你找地方住。”

“礼禾，我也想置一间姑婆屋。”

“人到了再说，礼子，我没有一天不想起你。”

礼子叹息，还是亲人最可靠，算一算，离开家已有六个多礼拜了，她已学会做春卷、叉烧及水饺，还有椰丝蛋糕、巧克力柏菲及果仁饼干。

这阵子礼子看也不敢看与她搭讪的异性，她像是被蛇咬过的人，终生怕绳索。

在归途上她阅读一本关于法律案例书籍，其中“公众安危重于个人私隐”一案叫她醒悟。

事情是这样的：心理医生史密夫有一个病人叫约翰，约翰追求女子苏珊，被苏拒绝，怀恨在心，对医生说，要杀死苏珊泄愤。

医生大惊，可是基于医生/病人私隐，不可透露原委，医生终于写隐名信给苏珊，警告她，叫她小心，可是已经太迟，苏珊已遭杀害。

她家人事后控告医生见死不救，法官判史医生无罪，但翌年随即更改法律：公众安危重于个人私隐，在适当与必要时刻，举报揭露。

倘若苏杭举报王志诚，礼子便可免役。

如果礼子也维持缄默，那么将来说不定还有其他人受害。

这时有人对她说："这本书叫你目不转睛一定十分精彩。"

她点点头，不予理睬，闭目养神。

她哪里还有心情与任何人搭讪。

飞机抵埠，礼禾亲自来接，那是一个大雨天，有车有伞，礼禾还是半身溅湿，礼子十分感动。

姐妹俩紧紧拉着手，共用一把伞向车子走去。

司机替她俩开门，上了车礼子才松口气。

回到家了，礼子叹息，希望倒霉日子从此过去。

礼禾笑说："独身女子生活中最不能少的是什么人？是司机大哥，否则，哪里都不用去，都会没有停车的地方。"

礼子也微微笑。

"其次，就是秘书，于启韶说：她实在没有时间亲自订飞机票或酒店房间，于是只好分工，接着，便是家务助理，回到家里，累得贼死，有人斟上一杯热可可，才继续活得下去。"

礼禾没有提到体贴的男伴，大抵，世上没有这一号人物。

礼子问："妈妈好吗？"

"她很好，你不会相信，离婚后父亲反而尊重她。"

“父亲生意如何？”

“他有天赋，不必担心，最近私生活收敛，声誉进步。”

“还有什么新闻？”

“七十六岁老翁击杀七十三岁老妻。”

“什么？”礼子吃惊。

礼禾苦笑：“我还以为世上只有愤怒青年。”

“那个人有什么消息？”终于问到王志诚。

“他毫无音讯，没有新闻是好新闻。”

礼子长长吁出一口气。

“法庭已把禁制令交到他手中，希望他有所警惕。”

“他复工没有？”礼子忍不住问。

“礼子，这人已与你无关，你最好忘记他，我帮你找到一间管理严密的公寓，还有一份替制衣厂编辑目录的工作，你不必再回报馆。”

“现在轮到你控制我的生活了。”

“我是你姐姐，你理所当然听我。”

车子停下，司机陪她们乘电梯到公寓高层，打开门，家具杂物设备齐全。

“祝你从头开始，休息完毕，来见母亲。”

“谢谢你，老姐。”

一连搬了三次，走到地球另一边又回来，避过王志诚没有？

半夜，礼子惊醒，她像是听见有人在门外哭泣。

她起床到厨房看对面大门外边的闭路电视，走廊灯光明亮，并没有人影，礼子已经额头冒汗。

她仍然不放心，联络管理处："十五楼甲座，门外似有异声。"

管理处答允派人查探。

不到三分钟，她看到管理员上来巡视："朱小姐，你放心，一切安全。"

礼子熄灯上床，多半是她疑心生了暗魅。

王志诚这上下恐怕已经把她丢在脑后，怎么待在她门外哭泣，她想象力太过丰富。

半晌，礼子又自床上下来，终于忍不住，拨电话到灵恩医院："王志诚医生今日可有当值？"

过片刻答案来了："王医生与手术队伍自今晨十时起开始为病人做脊椎手术已经十四小时。"

"他迄今仍在手术室？"

"正是。"

礼子连忙挂上电话。

她可以放心了，王志诚的情绪已经恢复正常，全情投入工作，这次，他控制住内在暴力。

礼子终于在大亮时分入睡。

醒来与母亲谈一会儿，妈妈问："胖了还是瘦了，情绪好吗，想吃什么，衣服够不够。"

礼子忽然觉得无限寂寥，一向她的时间只有不够用，现在却不知如何打发时间。

编写时装目录只需用电脑互传讯息资料，无须外出，她被变相

软禁。

姐姐还替她准备了营养餐，每天由膳食公司送上门。

礼子发觉自己又一次致电灵恩医院：“王志诚医生下了班没有？”

“王医生已经下班回家。”

她想一想，拨电话到王志诚住宅。

礼子吃惊，他不来找她，她倒去惹他？她扔下电话，这是怎么一回事？

电话已经接通，那边有电话公司录音声音说：“这个号码已经取消。”

他更改家中电话号码，他已搬家，他也想忘记过去？

礼子放好电话，心中无限惆怅，像一个人去抬一只纸箱，以为沉重，谁知里边空无一物，轻飘飘吃了一个空，反而大吃一惊。

朱礼子一世幸运，她终于摆脱了王志诚。

抑或王志诚摆脱了她？

礼子更衣外出，她在路上往后看，不，没有人跟着她。

她在图书馆也留心有无人注意她，她也看不到异样。

从此她不用小心了吗？可能是。

王志诚可是再世为人了？

她在冰室吃冰激凌，一边读报，忽然看到小小一段启事：“王志诚医生与名媛赵小兰订婚之喜”，礼子呆住，冰激凌匙羹嗒的一声堕地。

短短内文介绍王医生年轻有为，英明神武，前途无限，赵小姐则是名门之后，是一名珠宝设计师，两人堪称匹配，诚属一对璧人。

啊，他又找到了牺牲者。

礼子吃惊，他的手段迅速，宛如闪电，又有人上钩了。

这与她无关？不不，太有关系了，赵小兰将是下一名受害人，赵小兰可能没朱礼子幸运，赵小兰会有生命危险。

朱礼子应当缄默吗，抑或，去警告赵小兰？

可以与姐姐商量一下，但，姐姐永远那样理智，她不了解当事人内心世界，她不会同情她。

礼子在冰室坐了很久才离去。

接着，她发觉自己已经站在皇室珠宝店门口。

她推门进去：“请问设计师赵小兰在吗？”

店员笑说：“赵小姐最近很忙，请问有什么事？”

“我想请她设计一枚胸针。”

“我去请她，你请等等。”

礼子有点紧张，珠宝店里四处都是镜子，她看到自己苍白不安，但在人家眼中，她可能只是斯文沉着吧，谁看得出来呢，对，谁看得出来？

不一会儿，一个穿黑色贴身套装的年轻女子出来，连店员都觉讶异，清丽的赵小姐与客人相貌竟有七分相像，她们两人客气地握手，自我介绍。

赵小兰叫人斟出咖啡，轻轻问：“朱小姐，我可以为你设计什么样胸针？”

礼子想一想：“你知道哥赋设计？我想要一颗长约寸许，黄金制造的心形，当中插着一把精致像真的匕首，滴出红宝石镶的血液。”

赵小兰并不觉意外，她轻轻说：“我有一个设计，请你过目。”

她与助手说了几句，助手取出一只盒子，赵小兰笑着说：“现在正流行Goth，这是我替本市一位男歌星施本然设计的项链，刚刚完成。”

盒子一打开，礼子不由得赞叹：“啊！”她几乎忘记来意，盒子内是一只寸许大骷髅头，黄金制成，玲珑剔透，比例、凹凸位，都恰到好处，骤眼看甚至有点可怕，骷髅的一只牙齿，用钻石镶成。

礼子说：“哗，这是一件艺术品。”

赵小兰笑：“我们的师傅是著名巧匠。”

“我交给你了。”

“我先替你画图样，心形打算用不规则手打黄金，波斯形匕首真的穿插金心而过。”

“好极，正合我意。”

赵小兰的助手过来：“朱小姐，这是材料预算，设计与手工费用加一倍半，预先付百分之三十。”

礼子点点头，取出信用卡付款。

助手一看，满面笑容：“原来朱小姐是朱太太的千金，朱太太是我们熟客。”

礼子只微微点头。

“图样做好我们会通知你。”

礼子说："我会亲自来与赵小姐商洽。"

赵小兰送她到门口。

礼子说："你在国际上一定已有名气。"

"不敢当，我们客人的确来自世界各国。"

礼子道别，才出门，就看见一个年轻男子匆匆推开珠宝店玻璃门，与她擦身而过。

礼子一怔，连忙闪到一旁。

那男子是王志诚，他看也没看她，他根本不察觉朱礼子存在。

他直接小跑步走进店堂，笑着握住赵小兰的手，把一束小小紫色无忘我送到她手中。

这个举止惹得全店职员艳羡笑声。

礼子缓缓自角落走出来，隔着玻璃看到这一幕。

啊，不用躲避了，他已经当她透明。

王志诚穿着舒服熨帖的西装，精神奕奕，神清气朗，分明已把旧人旧事丢在脑后，他已再世为人。

而赵小兰气质优秀，是个有实力的商业艺术家，条件尤胜朱礼子。

礼子发觉她整张面孔涨红，耳朵发烧，颈后麻痒。

她握着拳头很久，才转身离去。

他不会再害她，他已经转移目标。

王志诚浓眉大眼，仍然那样俊朗活泼，他本来是礼子的人，他们已经订妥婚礼，现在，他手上的勿忘我，交到别人手上。

礼子不必躲着他了。

但是，她为什么没有松口气？

她去找礼禾，看护告诉她："朱医生去开会了。"

礼子又找母亲，一个陌生女子说："朱太太在我们这里染头发兼做按摩，三小时后才有空。"

那么，她呢？礼子踌躇，她做什么？

她只得回家，这次，她舒坦地掏出锁匙打开大门，她没有闪缩回头张望，她再不怕有人跟着她。

王志诚才没那么空。

她关上门，啊，像与一个孔武有力的大块头厮打过一般筋疲力尽。

幸亏惠明的电话到了，礼子无故落下泪来。

惠明向她报告："老总派我访问一个叫杜芳的年轻女子，她的工作有趣至极：她在埃及教中文，旗下百多名学生，各种年龄都有。"

礼子不出声。

"礼子，"惠明劝说，"你的情绪一直欠佳，为何？事情已经过去，我看到启事，王医生已与他人订婚。"

"我也看到。"

"宝珍在东京工作，成绩甚好，快要升级。"

"你们都有出息，只我一个人窝囊。"

"礼子，很快你就会迎头赶上，我对你有信心。"

"你与昆荣几时注册？"

"我就是想通知你，下月三号。"

“这么快？”礼子意外。

世界像一列火车，轰轰开过，把她一人撇在站头。

惠明咕咕笑：“被你们催的，简单注册，然后蜜月旅行，到夏威夷一个星期回来复工。”

“昆荣会给你幸福。”

“到时来观礼。”惠明叮嘱。

礼子没声价答应，心中不知如何，无限空虚。

别人家仿佛不断报喜，灯花爆了又爆，结了又结，就是她一个人，走路后退。

礼子一连好几个晚上失眠，清晨，她索性沿山路跑步。

有人在身后追了上来，本来，她应当吃惊，但是她只略略看一眼，原来是两名年轻男子，缓缓跑过她身边。

他们没有朝礼子搭讪，礼子停下，难道，她已不再吸引任何异性了？

她摸着面孔，静静回家。

过两日，皇室珠宝店有电话来：“朱小姐，图样做好了。”

礼子本想取消交易，但口是心非，她听见自己说：“我一小时后到方便吗？”

不知怎地，她想再见赵小兰一次。

面色红粉绯绯的赵小兰笑欣欣迎上：“朱小姐，请来看。”

彩色图样十分精美，那枚小小波斯匕首穿心而过，刀尖有一滴鲜红色宝石血液。

礼子吩咐：“请在心背后刻一行字。”

“请问是什么呢？”赵小兰好奇。

“Love Kills Slowly.”

“啊，朱小姐，你太悲观了。”

“我有吗，”礼子微笑着说，“不见得呢。”

礼子心中有数，赵小兰大方爽朗，才华出众，叫她印象深刻。

她处理事情，一定比朱礼子妥当，她一定会摆得平王志诚，她才不怕他。

礼子忍不住问：“赵小姐，听说你已订婚。”

赵小兰高兴回答：“朱小姐什么都知道。”

礼子又再问：“他对你好吗？”

赵小兰大方回答客人询问：“多谢关心，他十分体贴。”

再问下去，人家怕要疑心。

她爽快付清余款。

助手一直送到街上：“朱小姐，有机会请介绍客人。”

礼子回到家中，头一直低垂，抬不起来，也没有必要抬头，索性佝偻着背脊。

礼禾探访妹妹，见到礼子，连忙道歉：“七国刑警在本市开会，我方得益匪浅，上司决定设立新部门，叫做罪犯心理素描小组，忙得我透不过气。”

礼子像是很专心聆听，心中却想，每个人都有好消息。

“礼子，我看到报上刊登王志诚订婚消息，心头轻松，仿佛麻风转移到别人身上，一方面惭愧，一方面喜不自禁。”

礼子说：“那女子，很容易查到王志诚底细，为什么她不怕？”

礼禾微笑："也许王志诚已经改过自新。"

礼子又问："他为什么没有为我改过？"

礼禾看着妹妹："礼子，一切已成过去，不要再想到或提到这个人，假使这人日夜在你家露台下弹琴唱情诗，我劝你立即报警。"

礼子笑容恍惚："是，你说得对。"

"你还要照顾母亲，知道吗。"

礼禾匆匆离去，礼子用冰袋敷脸，她长长叹气，刚想坚强地站起，把破碎生活一片片拾起，门铃又响。

她猜想是礼禾忘了什么，一看，果然有一只文件夹子还在茶几上。

她去开门，才打开一条缝子儿，被人大力一推，门朝里撞开，碰到额角，痛彻心扉。

礼子心知不妙，想再掩上门，已经来不及，只见王志诚双手叉在腰上，面目狰狞，用力关上大门，一步步逼近。

他咬牙切齿："你还不肯放过我？你还想破坏我？你骚扰我以前的未婚妻苏杭，你又跟踪我现在的未婚妻小兰，你意图如何？"

礼子伸手掩住额角，摸到腥脏一片湿，她知道是流血了。

她轻轻回答："我也是你的未婚妻。"

"哈啰，"王志诚瞪着她，"记得吗，你取消婚约，你申请禁制令，至今有效，我此刻违例，随时会受到检控，你都忘记了？"

"请你立刻离开。"

"我警告你，不得再去骚扰赵小兰！"

"你在保护她？"礼子不置信，"你踩我头上保护她？"

“是，我爱她，我会保护她。”

礼子忽然笑了。

王志诚退后一步：“你怎么会变成这样？你为什么仍然紧盯着我们不放？”

礼子怒叫：“你颠倒是非黑白，是你死缠我，所以我才申请禁制令，现在你又闯入我家，伤我身体，我要报警，我要叫你死无葬身之地。”

王志诚忽然清醒，他似被一盆冰水浇在头上，他看着朱礼子，她此刻扭曲五官，咬牙切齿，哪里还有半分清秀，同他记忆中的礼子差天共地，为着她犯法，值得吗？

他退到门口：“不要再跟着我们。”

礼子哼一声：“你怕了吗？”

王志诚说：“我已改过自新，我已获新生，你不要走上我的老路，你会痛苦。”

礼子问：“你来忠告我？”

“朱礼子，离我们越远越好。”

他拉开大门离去。

礼子本该立刻通知警方，但是她想一想，用相机拍摄伤口，然后找医生处理。

医生替她用胶水黏合，贴上纱布，嘱她休息。

礼子连眼睛与半边脸孔肿起，照罢镜子，她不禁神经质地大声笑。

多么讽刺，她还是在被虐妇女庇护所里认识王志诚医生的呢。

什么地方不好，偏偏是该处，现在，他们互相虐待。

公寓再隐蔽安全，他还是找到了她。

礼子到刀剪专门店挑了一把六英寸长剔骨利刀。

除出她自己，谁也不能保护她。

她又找到胡椒喷雾，同时要求旧同事替她买一把电击枪。

昆荣说："那是违法武器，礼子，你来参加我们婚礼不必携带武器。"

礼子这才想起有这么一回事。

她戴一顶米色网纱头箍帽去参加婚礼，注册处坐满亲友，礼子一个人坐在后座，宝珍转头招呼她，有人询问："那漂亮的纱帽女孩是谁"，"我先看见她"，"介绍给我"，"你们挑对象净看外表"，"肤浅"……

观礼完毕，她上前祝福一对新人，新娘百忙中问："你额角怎么了礼子？"

礼子答："喝多一杯不小心撞到台角。"

老陈走近："礼子，有话同你说。"把一只公文袋给她。

"我到你办公室详谈。"

"那么明天早晨十时见。"

礼子并没有跟大队去喝上一杯，匆匆回家，甩下一大堆失望的男生。

她回家喘气，把公文袋打开，原来是一把电枪，形状像一具手提电话。

她把尖刀与电枪放在枕头下，胡椒喷雾藏在手袋里。

这个时候电话响了。

她怎也猜不到会是赵小兰，她一怔，电光石火之间，她明白了，王志诚并没有把朱礼子身份告诉她，他仍然没有说实话，赵小兰不知朱礼子是谁，正如朱礼子不知苏杭是什么人。

换了人，可是没有更改伎俩，礼子微微冷笑，是，他爱她，他要保护她，不过，他仍然不愿说出真相。

"朱小姐，你要看看那枚胸针吗？"

礼子轻轻回答："我一时走不开。"

"我请你喝下午茶可好？"

"那么，我在文华二楼等你。"

礼子冷笑一声，换了套衣服，轻轻出门去。

掩上门时她听见母亲声音在电话录音机上问："礼子，你好吗，有时间给妈妈回个电话。"

曾经躲到西半球去避开王志诚的她，现在决定迎头撞上。

小兰比她先到："朱小姐，你先看这个。"

她递上一只盒子，礼子以为是那颗被匕首插穿的心，但是盒子一打开，却是一只蓝色的钻石眼睛，眼角有一滴眼泪，栩栩如生，看上去有点毛骨悚然。

"啊，我知道了，"礼子低呼，"这莫非是萨戈多达利的设计。"

"正是，我等了好几年，终于在苏富比拍卖行购得，"赵小兰十分兴奋，"你是知音，我带来给你欣赏。"

"不敢当，呵，做得真漂亮。"礼子爱不释手。

"现在，请看这个。"

礼子那颗心终于做好了，同她想象中一模一样，礼子忍不住赞道："赵小姐你太能干了！"

小兰帮她扣在襟上："所有哥赋同志会得拜服你。"

礼子点点头：把那只眼睛还她。

"这里是账单，各类宝石分量全部列出。"

赵小兰十分活泼健谈，把礼子当做朋友，她说到毕加索设计的一副骷髅耳环，引经据典，十分有趣："最后一次由墨西哥女画家费烈达嘉罗佩戴，此刻不知所踪，许多人在寻找。"

礼子忍不住问："你快乐吗？"

赵小兰笑："叫你看出来了，我真是幸运，家父任由我追求兴趣，让我读珠宝设计，我又找到知心伴侣，他十分了解我，亲友都说他太宠爱我了。"

礼子看着她，正想说话，她的手提电话响起。

"对不起，"她说了几句，"我要回公司，歌星施本然来了。"

礼子点点头："我来付账。"

小兰满嘴称谢，匆匆离去。

实难说出口，原来，讲人坏话是那么困难。

礼子提起银壶替自己斟茶，在茶壶反映中，她看到一张绷紧着毫无血色的脸，十分吓人，她连忙装出一个笑脸补救，倒是像哭，相由心生，一个人心情如何是看得出来的。

她付了账走出咖啡店，刚刚有一个金发女子迎上来，目不转睛看住她的胸针："真漂亮。"礼子回答："谢谢。""在何处购买？"礼子答："在皇室定做。"

她还有心情与陌生人交谈，可见尚未失去控制。

过两天，昆荣与惠明缩短行程回来，说是闷死人，惠明四处劝人不要去那种晒完太阳没事可做的地方度假，可是她欢欣神色却说着另一个故事。

她送礼子一罐果仁，礼子打开一看，却是一套鲜红色内衣裤，她不禁笑起来。

惠明会不会是太快乐了？这不是与她谈心事的时候。

傍晚，礼子去探望母亲，朱太太在绕毛线。礼子说："干吗亲自动手，原以为这门手艺已经失传。"

可是朱太太手边有好几册时尚杂志出版的毛衣编织法书籍，可见又流行起来。

"我先帮你们织一顶帽子。"她兴致勃勃。

礼子想起她极小的时候，淘气地把绒线缠住台椅的脚，说是替它们穿冬衣。

她蹲下找毛线痕迹，果然，书房其中一张椅子的脚上还有毛线尚未拆除的痕迹，她大笑起来，直至流下眼泪。

朱太太有点担心，所以说："你与礼禾二人早日结婚，我可抱外孙。"又说，"我没打算与亲家母分享孙儿，我预备独占。"想到这里，高兴但神经质地笑。

礼子握住母亲的手，放在脸颊旁边。

那天晚上，她做了一件很奇怪的事。

她在电脑前，写了匿名信，电邮到皇室珠宝给赵小兰，内容如下："赵小姐，请睁大双眼，看清楚你的男伴，他过往有不良记录。"

她一按寄出钮，电邮已传达赵小兰的私人电脑。

礼子吁出一口气，自觉做了一件好事。

完全正确，她不能见死不救，她必须帮助赵小兰。

礼子伸一个懒腰，她睡得十分舒畅。

接着几天，礼子的机制启动，她是一个优秀记者，探听消息不露痕迹。

她陪母亲到皇室珠宝店看一颗红宝石，顺道问："赵小姐在吗。"

赵小兰走出来，高兴地说："礼子你好。"她明显的憔悴。

可是警告已经生效?

礼子轻轻说："你患感冒，抑或有心事？"

小兰回答："瞒不过你的法眼，家里有点事。"

"愿意谈谈吗？"礼子微微笑。

小兰苦笑："你可有六个小时空闲？"

"你可以约我，你有我的电话。"

这时朱太太叫女儿："礼子过来看看。"

礼子走近看那颗红宝石："哗，这一定是南亚古国哪座佛像的一只眼睛，被贪婪外国人撬下偷运出售，辗转至此，不知可有咒语追随。"

大家都笑了。

礼子可是没闲着，当晚她又发出一封告密信："赵小姐，你的男伴，已经第三次订婚，为什么？"

果然，不到一小时，赵小兰已经主动找她。

“我们在公园见面好吗？”

“明日下午三时中央公园冰激凌店门口一列影树下。”

礼子戴着一顶大大草帽在长凳上等小兰。

她见到她出现同她说：“一会儿我们去吃龙虾。”

小兰羡慕：“礼子你好像没有烦恼。”

“你呢，你也是呀，你是幸运女。”

小兰自手袋中取出两页纸，上面打印字样，正是那两封匿名信。

“空穴没有来风。”小兰说。

礼子不出声，她为小兰悲哀。

“我该怎么办？”

“小兰，你应当面对面与他讲清楚，没有人可以帮你。”

“会不会是有人恶意中伤？”

礼子反问：“谁？”

“我不知道，或许是我过去的男友，他过去的女友。”

礼子冷笑：“你们俩，曾经严重伤害过那么多人吗？”

“有些人特别容易受到伤害。”

“这么说来，倒是他们的错？”

赵小兰提高声音：“喂，礼子，你是我朋友，你到底帮谁？”

“没有人可以帮你。”

“他对我很好，一点异样也看不出。”

“是，看不出，”礼子抬起头笑，“怎么会叫人看得出呢，一个人的心，是世上最黑暗的地方。”

赵小兰吃惊：“你仿佛有经验。”

礼子微笑："我们去吃龙虾吧。"

小兰站起："我没有胃口，我告辞了。"

"六个小时还没有过去。"

她像是有点疑心："打扰你了，礼子。"匆匆离去。

礼子摸摸面孔，叹口气，她脸上肌肉僵硬。

这时，她背后有把声音传来："我警告过你，不要再骚扰赵小兰。"

礼子知道这是谁："禁制令叫你不得在我身边一百五十米范围内出现，王医生。"

"请不要再陷害我。"

礼子诧异："你在哀求，抑或泣告？"

"我到底做错什么，你为什么恶毒地恨我？"

"是不是应该有人揭发你？"

"朱礼子，我乞求你的原谅，我愿作出赔偿。"

"你心有悔意？我看不见得，你这么快又找到猎物，故伎重施。"

他走到礼子面前，他一脸胡须茬，看到一个那样英伟的男子如此憔悴，真叫人难过。

"礼子，让我们各走各路。"

"你打算怎样做，付我巨款，换我沉默？"

"你——"他伸出手臂。

"别动手，"礼子出言警告，"你会后悔。"

"礼子，别做出受害人的样子来，我才是受害人！"

礼子冷笑："我将用我余生之力，拆穿你的谎言。"

"是因为我有勇气从头开始？"

王志诚忍无可忍，伸手抓住礼子双肩摇晃，礼子自口袋里取出电枪，启动，滋一声，王志诚大叫一声，倒地痉挛。

礼子藏好电枪，缓缓走开，这时，有人向王志诚围拢，"这人怎么了"，"快叫救护车"……

礼子已经离去。

她不再怕他，以彼之道，还诸彼身。

回到家，她发出第三封电邮："赵小姐，你的未婚夫曾殴打杀伤他前任未婚妻，小心。"

她脱下外套，发觉前襟那枚心形胸针已经扯落。

礼子根本不稀罕。

她熄灯睡觉。

半夜，礼子做梦，她重复地看到那个少妇抱着幼女哀哀哭泣。

礼子高声说："不要再骚扰我，不要再走进我的梦境。"

但是少妇额上照旧流着黑血，把幼女交给礼子："请你照顾她。"

幼儿转过身，小小面孔只有手掌那样大，皮肤雪白，看牢礼子，脸颊上挂着豆大眼泪，她伸出双臂。

少妇绝望地恳求："请照顾她。"

礼子大声喝问："你们到底是谁？"

那个小女孩，像煞是她，礼子有小时照片，她当然知道年幼时长相如何。

她大声凄厉喊叫，就在这时，门铃骤响，她跳起床，披上浴袍跌跌撞撞去开门。

门外站着两名警察："朱礼子，我们要向你问话，请到派出所一次。"

礼子头皮扯紧，来了，王志诚居然报警，她不怕，她手上有禁制令，他接近她，她就得保护自己。

礼子木着脸："我要更衣。"

女警跟着她走进寝室，看着她换上衬衫长裤。

警察看到案头剪报："你是名记者朱礼子？我最喜欢读你的采访。"像是不置信她欣赏的文人会沦落成为警方急于会晤人物。

礼子冷静地说："我要通知我的律师。"

她找到于律师："请知会礼禾，我现在将往中区警署。"

礼子到达警署，于律师已在等她。

她走近："不要怕。"握紧礼子的手。

礼子把事情经过在她耳畔轻轻叙述，于律师渐渐变色，但这不是责罪的时候。

警员说："朱礼子，王志诚受电枪狙击，心脏一度停顿，经过急救，情况危殆，王氏手掌抓紧一件饰物，经过王氏未婚妻辨认，属于你所有，所以我们想取一份口供。"

警员出示一张照片："这枚胸针，可属于你？"

礼子点点头，就是那颗插着匕首的心。

"朱礼子，王氏的未婚妻赵小兰指你多次主动接近她，这可是事实？你为何向王氏发禁制令，却又自动接近他的未婚妻？"朱礼子无言。

这时朱礼禾匆匆赶到。

于律师连忙向前与礼禾接头，两人密斟。

在整个过程中礼子不言不语，静静坐着，像是事不关己，毫不劳心。

警署繁忙，不住有人进出，礼子像是对众生相发生极大兴趣，她看着警方盘问证人，律师挥着汗与检察官交涉……

终于，于律师与官方谈妥条件，她朝礼子做一个眼色，就在这时，有人冲进办公室大堂。

那人大声说："你，你为什么陷害王志诚？你故意激怒他，使他接近你，因此你可以杀害他！"

礼子抬起头，那人正是赵小兰，这时，她也完全失去平日优雅，敞着衣领，披散头发，厉声痛骂："匿名信也都是你写的吧，告诉你，你的毒计不会得逞，志诚已经苏醒，他已渡过难关，我们不会被你破坏，我们不会分手，你去死吧。"

于律师走近隔开两女。

这时派出所里的人全部转过头来看这场好戏，人人脸色兴奋，谁赢谁输了他们一样高兴，最好两人滚地厮打。

礼子从头到尾不发一言，她深深后悔，神志在该刹那清醒，她叫仇者快亲者痛，她太不自爱了。

她摇晃地站起，忽然眼前发黑，双腿一软，身子往前摔去。

偏偏赵小兰尖叫一声闪身避开，没扶住礼子，礼子往钢桌角落跌下，啪的一声，额角撞破，血流如注。

礼子仰天堕地，昏迷中像是听见有人在耳边轻轻说：慢慢杀死你，慢慢杀死你。

也有更响的声音叫：“这是苦肉计！”

礼子闭上眼睛，她希望可以去到一个清淡天和的地方，与世无争，她噗地吐出一口气。

醒来的时候，是在医院里，头上缠着纱布，手腕接驳着管子，听见有人哭泣，礼子认得是母亲的声音。

“妈妈，妈妈。”她竭力叫，“不要哭。”

“醒了，她醒了。”有人欢呼。

“妈妈——”礼子充满歉意。

礼禾的手按着妹妹的嘴：“不要多讲，一切真正已成过去，忘记所有，好好养病。”

礼子看着姐姐，泪流满面。

“王志诚不会起诉你，当然也有交换条件，你也别投诉他，至此为止，画一句号，从此如陌路人。”

礼子轻轻问：“你们仍然爱我？”

“礼子，抬起头来，听住，我与妈妈爱你，不管你是英雄抑或狗熊。”

嘿嘿，狗熊，礼子笑了。

“礼子，你必须到我处接受治疗。”

礼子叹气：“我明白，我心理有毛病。”

礼禾宽慰：“你一向明敏过人，你会渡过难关。”

“王志诚他可出院？”

“谁？”礼禾反问，“你说谁？我们不认得这个人。”

礼子不再出声，半晌她说："我想喝柚子汁。"

"我给你带苹果汁。"

下午惠明来了，看到礼子，感慨万千："礼子，你表面上若无其事，实则内心受到巨创。"

"告诉我，王志诚怎么样。"

"我不认识这个人。"惠明态度强硬。

礼子追问："他痊愈没有，出院没有。"

"我不知道你说些什么。"

这时宝珍推门进来，偷偷走私玫瑰香槟，斟在塑料杯里递给惠明及礼子。

她说："生活充满压力，在东京，一个小杂货店老板五年生下四个儿子，他不明何以皇室四十七年没有男丁出生。"

惠明说："昆荣叫我退休。"

"他们都是那样，无论娶的是物理学家抑或警务署长，最终都希望她们为家庭退休。"

"回到家有人问好是件舒服的事。"

宝珍答："女子的事业也是终身成就。"

"孩子哭着喊妈妈，我的朋友抱怨早上出不了门。"

礼子不出声，孩子，哭声，她恍惚。

"礼子倦了，让她休息吧。"

看护进来，起疑，问她们："在喝什么？"

惠明答："西柚汁。"

她们都不是老实人，在江湖找生活奔波吃苦已久，都很有一套，真不知可否成功变型做回温驯的家庭主妇。

第二天一早礼子出院。

礼禾对她说："妈妈不知就里，你别叫她伤心。"

"明白，我已完全苏醒。"

"把你送往北极圈都没用，逃避不是办法。"

礼子微笑，可是她身边的人都说不认识王志诚，这难道不是逃避吗？

她回到母亲家居住，礼禾着她每日上午十时到她诊所。

礼子说："改下午三时。"

"不行，你一定得振作早上起来，我情愿你打中觉。"

礼子明白姐姐是为着她设想。

母亲张罗一天五顿清淡食物，并且找人煎中药给礼子宁神，满室药香。

上午，到礼禾处做她当天第一个病人。

礼禾说："这张丝绒沙发十分舒服，你可以躺上去松弛。"

礼子把一张毯子盖在上身。

"你过去的行为愚不可及。"

礼子心平气和："是……伤害自己，企图令对方的伤害更深。"

"看样子额角撞击受伤终于叫你头脑清醒。"

礼子苦笑："为什么惠明与宝珍没有我的悲惨遭遇？"

"人家比你聪明，懂得避重就轻，你是生活白痴，不知人间险恶。"

"也许我命该注定受劫。"

这时，密云忽然遮住太阳，治疗室阴暗起来。

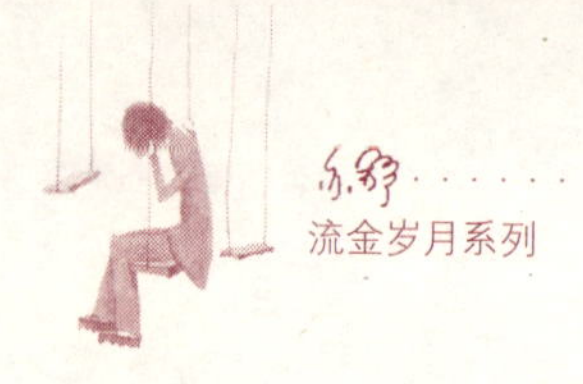


礼禾轻轻问妹妹："你的梦境里，可是时时出现一间小房间，房里，有一对母女？"

"啊，姐，我与你提过多次。"

"让我们找出原因可好？"

礼子忽然害怕："姐，为何我潜意识中有这对母女？"

"她们可是新闻人物，前一阵子，你是那样投入家暴新闻。"

"起先我也以为如此，可是一次又一次，梦境重复，房间里细节越发清晰。"

"意识会如一支画笔，每一次添加一些细节。"

礼子说："某一日，我闲着无事，将房间绘图，你可要看一看？"

"你带在身边？"礼禾意外。

"一切都装在我私人电脑里。"

她起身取过手袋，取出电脑，接上打印机，印出图像，礼禾接过一看，"嗯"的一声，仿佛受惊，她轻轻说："礼子你绘图技巧益发进步，我记得你小时候曾经想做漫画家。"

礼子微笑："到今天还想得发昏。"

她又将另一张图画印出。

礼禾问："这又是什么？"

礼子答："那对母女。"

礼禾一看，脸上变色，她双手微微颤抖。

"重复的梦，朱医生，弗洛伊德会怎么说？"

礼禾轻轻放下两张画，不再言语。

礼子轻轻说："那少妇蹲在墙角，恳求我照顾幼儿，她明显受了重伤……”

礼子声音低下去，终于睡着。

礼禾站起回到办公室，她用电话找到于律师：“启韶，她完全记得，又完全不记得。”

于启韶回答：“你可有向她透露真相？”

“我真不知如何开口。”

“你是医生，有话直说。”

朱礼禾苦笑：“医生最大苦差是向病人或家属说出真相，你可否仗义担当这个任务？”

“礼禾，这是你的家事，我虽知首尾，实在不方便开口。”

“你说得对。”礼禾惭愧。

“不要再拖了，越早说出真相越好。”

“我明白。”

挂上电话，朱礼禾自抽屉里取出一只信封，抖出里边的照片。

其中一张，正是一间小房间，明显是间会客室：沙发、茶几，以及一只书架子，礼禾把照片与礼子的绘图并排放在桌上，两者几乎一模一样。

毫无疑问，礼子脑中深藏着这一幕。

人脑与电脑的装置不同，人脑无须顺序便可抽查资料，比电脑快捷百倍。

受家暴新闻个案影响，礼子忽然抽查了藏在记忆深处的这一幕。

礼禾把礼子绘画另外两张母女图画放在桌上，她双手又颤抖起来，她取出最后一张照片，那是帧母女合照，相片中的小女孩只得

两三岁，照说，应无任何记忆，但是礼子却能清晰绘出生母容貌。

礼禾把照片与绘图整齐在桌上列出，决定向礼子透露真相。

她走到邻房去叫醒妹妹。

“礼子，礼子。”她轻轻推她。

礼子睁开双眼：“哟，我在何处？”

礼禾握住她的手：“你在姐姐身边。”

礼子伸个懒腰：“好睡好睡，一时竟忘了我不过暂来歇脚。”

“礼子，从小我俩一起长大，最友爱不过。”

礼子微笑：“正是，妈妈如果责骂我们其中一个，另一个都会伤心痛哭。”

“你都记得。”

“姐姐用功读书，而我不，但是父母却偏爱我。”

“完全正确，礼子，请你到我办公室来，我给你看一些东西。”

礼子跳起来：“明天吧，今天时间到了。”

“礼子，这很重要。”礼禾着急。

“明天，还有明天。”礼子安抚姐姐。

她像一条泥鳅般溜走。

街上正在下雨，难怪室内阴暗，心理医生诊所像煞另一个世界，她走到报摊选购报章杂志，捧着一沓到小餐厅吃点心。

摊开报纸，读完头条，翻到内页，看到彩色照片：王志诚医生赵小兰小姐新婚志喜。

他们终于排除万难结婚了。

朱礼子认识这个人吗，不见得。

但礼子乐于见到他痊愈出院。

这时，临桌有两个中年妇女长嗟短叹。

一个说："你的女儿真乖，会读书，又顾家。"

另一个答："人乖命不乖，有什么用。"

"将来一定会碰到更好的人。"

"对方抛弃她之后放肆到极点，丝毫颜面也不给她，公然与新人出双入对，山盟海誓，唉，太过分了。"

"会有报应的，个人头上一片天，过头三尺有神明。"

"我一方面可怜这个女儿，但又憎恨她不带眼识人。"

"你一定要疼惜她。"

"这一耽搁，又不知要几年，真正恼人。"

礼子抬起头，这仿佛是在说她似的。

礼子垂头，丢下报纸，付账离去。

临走还听到那烦恼的母亲大声叹息，真是，别人的女儿都平安无事，恐怕生养到第三胎了，她的乖女却还在寻寻觅觅。

雨下得急了，礼子回到家，问惠明："有什么新闻？"

惠明答："去年那宗郊外度假别墅杀妻案裁决出来了：有罪。"

"我记得，那受害人漂亮如女明星。"

"你记得年轻貌美的冯碧玉吗？七年了，悬案，未破。"惠明欷歔，"她在大学停车场遭到枪击。"

"不，警方深知凶手是谁，苦无证据起诉。"

惠明说："礼子，你还好吗？"

"不好也得好，否则对不起亲友。"

惠明笑："亲友还不如你自己重要，你必须自爱。"

"王志诚结婚了，他终于得到归宿，希望他好自为之。"

惠明在电话另一头说："谁，什么人？礼子，告诉你，你快要做阿姨了。"

礼子要隔一会儿才明白过来："惠明，恭喜，我立刻帮你添置婴儿用品，是男是女，知晓没有？"

"还未能得知，一有消息便告诉你。"

礼子乐开怀："叫什么名字？"

"你说呢，我是正式恭敬请教。"

"叫快乐、欢喜、展颜、笑容、开心、满意……就好。"

"我也是这么想，倘若有些积蓄，我一定带着孩子到小镇生活，夏季戏水，冬季滑雪，春天摘果酿酒，秋天远足钓鱼，礼子，三餐一宿而已，人老得多快，如此忙碌，为着什么？"

两人欷歔一会儿，才结束谈话。

第二早，礼子醒来，觉得神清气朗，莫非，她摸摸自己脸颊，终于把噩梦都丢在脑后了。

她与姐姐有约。

去到诊所，看护说："朱小姐今日气色不错，朱医生还未到，请你在办公室稍等。"

礼子轻轻走进姐姐私人办公室，只见书架上放着一只水晶玻璃大瓶，插满白色姜兰，香气扑鼻。

她坐在沙发上，翻阅报纸，一件好新闻都没有，她轻轻合上报纸，走到写字台前。

只见桌面上放着照片与绘图，这是礼禾的文件资料吧，她昨日下班忘记收起。

目光落到图像上面，礼子呆住，这不是她的绘图吗，梦中的母女二人，那间小小会客室。

这些照片又从何而来？

略为褪色的彩照上两母女与绘图有七分相像，礼子认得小女孩正是她，可是，抱着她的少妇又是谁？

正在这时，礼禾推门进来。

“啊，你早到。”她放下外套与公事包。

礼子转过头：“礼禾，快告诉我，这是什么意思？”

礼禾说：“你先坐下，这件事，原本一早就该对你说，可是一年推一年，母亲说她无论如何难以启齿，开头我觉得她怯懦，可是接着，我也没找到开口的适当时刻，故一直拖到今日。”

平时冷静镇定的朱医生这时声音微微颤抖。

礼子指着照片中小女孩说：“假设这是我，抱着我的少妇是什么人？”

“你不记得她？没有记忆？”

“怎么没有，她就是我梦中时时向我托孤的母亲。”

“礼子，这小女孩不错是你，女子是你生母。”

礼子吸一口气，头有点眩晕，可是她居然维持镇定，她挤出一个微笑：“我与你是姐妹，我们的生母好好在家，你说什么？”

“礼子，妈妈是我的母亲，你的生母另有其人。”

礼子缓缓坐下：“你们到今日才告诉我？”

礼禾叹口气："对不起，礼子，但是我向你保证，妈妈与我，自始至今，爱你不渝。"

礼子把脖子伸长："你不是我姐姐？"

刚以为今日神清气朗，不料更坏的事情发生。

"你母亲是妈妈的妹妹，我的阿姨，你是我表妹，我俩一样有血缘关系。"

"姨母领养我，那她呢？"

礼禾双眼露出无限怜悯："你在三岁时亲眼目睹惨剧。"

礼子站起："我看到什么？"

"你看到——"礼禾掩住面孔。

礼子高声喝问："我看到什么，说！"

礼禾鼓起勇气："你亲眼目睹生母射杀父亲，然后吞枪自杀，警察到场，只见到三岁的你独自坐在小房间里哭泣。"

礼子骤然静下来，过片刻她说："我不相信你。"

礼禾找出一只文件夹子放在桌上："礼子，这些都是剪报，很多人都记得这件惨案。"

"为什么挨到今日，又把真相告知？"

"因为你性格出现暴力倾向，你不能理智处理感情问题。"

"我？"她指着胸口。

礼子一直以为那是王志诚，不料她才是罪魁。

"假如不决定揭露真相，无法根治你心理状况，我与妈妈才不得不把事情告诉你。"

"我，"礼子终于哭了，"在我血液中有太多仇恨报复因子？

你们怕我重蹈生母覆辙？”

“只要知道问题在什么地方，才可以设法治疗，我与其他医生谈过，都认为你脑海深印暴力一幕，最近因处理家庭暴力新闻引发记忆，以致行动失常，这完全可以理解。”

礼子发呆。

“礼子，你也是受害人。”

礼子摇头：“这不是真的。”

礼禾叹气：“你静一静，我就在邻房，有事叫我。”

“不是真的。”礼子仰卧在沙发上。

她欲哭无泪，双目炙痛。

这时有人敲门进来，礼子抬头一看，大声叫妈妈。

朱太太紧紧拥抱她：“别怕，怕什么，明白真相以后做梦也不惊心，妈妈在这里。”

她让女儿喝茶，用湿毛巾替她敷脸：“我们回家休息。”

可是，她双手也簌簌发抖。

礼子忽然说：“妈妈，我感激你们收留我。”

朱太太用力捂住礼子的嘴，这时，房门砰一声推开，有人气急败坏问：“我女儿呢，女儿在什么地方？”

原来是朱先生气急败坏赶来，匆匆进门，手肘撞到门框，雪雪呼痛。

朱太太扬声：“这里，女儿在这里。”

这时礼子忍不住放声痛哭。

看护听到那么多杂声，终于忍不住探视。

朱先生说："回家去吧，别打扰别人。"

这时司机也上来了，朱太太责问："车子在什么地方？你为什么不在门口等？"

礼子这时深呼吸一下，挺起胸膛："回家再说。"

她一步一步坚持地静静跟着父母回家。

那天晚上，她独自在房中读礼禾给她的剪报。

——"怨妇无法忍受警员丈夫虐待杀人自杀"，"可怜稚女目睹惨剧心灵肯定受伤"，"家暴事件必须正视"……新闻详细记载年月日时间以及当事人姓名住址，图文并茂。

彼时新闻报道十分公正简洁，绝不夸张花巧，百分百是真相。

礼子抬起头，她双眼充满红筋，面孔浮肿。

把消息压到今日才向她揭露完全正确，早几年礼子恐怕无法接受。

不，今日也无法接受该项事实，但她必须面对，也希望有能力面对。

朱家是那样爱护她，该刹那朱礼子决定把身体里最后一丝仇恨剔除。

天亮了，礼子推门出去，看到父母与姐姐在喝咖啡提神，显然捱了通宵。

礼子诧异说："爸你还在这里？"

朱太太说："他不放心你。"

"那就搬回来住。"

礼禾说："礼子你别管他们闲事。"

礼子低头："我完全明白了，多年来你们尽力疼我多一些。"

朱太太否认："才没有，顽皮时一样挨打。"

礼子说："你们真是好父母。"

礼禾低声恳求："同以前一样生活可好？不多不少，不卑不亢。"

"姐姐说的是，我还是依然故我的好。"

礼子仍然勇敢地接受治疗，每天到姐姐医务所诊治，有时心情奇劣，会得哭叫，有时兴奋，会得说笑。

三个月后，渐渐平静，但是沮丧。

"早上不想起来"，"那么睡晚一点"，"不，最好永远都不要起床"，"别担心，总有那么一天，但不是最近"，"很累，昨日看新闻，十八岁高中毕业生醉酒高速驾驶失事身亡，我竟喃喃说：相信我亲爱的你没有太大损失。"

礼禾说："我介绍宋早医生给你认识，她自美国学习返来，她有新方法。"

"我知道：改变一个人性格的重量剂心理药物，病人长期服用，不再沮丧，但亦无任何感觉，整天坐着发呆傻笑，十分可怕。"

礼禾说："宋早是专家。"

宋医生是中年女子，礼子一见她便喝声彩；她到四十多岁也要那个样子：打扮整齐时髦，含蓄优雅，不再理会时间，可是又不落伍。

宋医生鬓边有一小束白发，她并不染黑，笑起来眼角有皱纹，却没做矫正手术。

她态度亲切，与朱礼禾的学院派有点分别。

她开门见山说："我的遗憾是没学好中文，我在美国出生，不知利害。"

礼子答："放心，我也没学好中文，谁能学得好中文？那五千多年的恩怨……大家尽力而为罢了。"

宋医生大笑："这名病人有趣。"

礼子好奇问："宋医生你结婚没有？"

宋医生回答："我有三名成年子女，长女的儿子，即我孙儿已经三岁，他是我生命中至重要男子。"

礼子见到曙光，佩服得五体投地，许多现代女性做一个部门经理便已人仰马翻，完全放弃私人生活，更无时间组织家庭生儿育女。

宋早问了几个问题："礼子你目前没有工作"，"也没有男伴"，"不必担心生活，嗯，不想匆忙地做任何选择"。

礼子也反问医生："中年是怎样的"，"中年是否一片灰蒙"，"人到中年，哀乐中年，还有什么希望"，"过了中年，便是老年，更加吃苦"。闲话忽然多起来，宋医生认为是一种进步。

她答："不要紧，智慧会随年龄增长。"

"不，不，"礼子摇头，"一些人会越老越糊涂，哗啦哗啦，只剩一把扰人声音。"

"那么，静一点，不要抱怨，不要解释。"

礼子说："我想过了，静，越静越好，大去之际不刊登讣闻，不设仪式，不瞻仰遗容，骨灰撒在不透露地方。"

宋医生的评语是："啊，同爱因斯坦一样。"

因不是姐姐，不怕她伤心，什么都可以说。

宋医生介绍她到一个组织："礼子，请出钱出力。"

原来该组织源自北美，叫做面对家庭暴力，不是救援机构，而是教育防范。

宋医生说："像教青少年性教育一样，叫妇女切勿难以启齿，我们教导她们有关知识。"

礼子悲观地说："一个女人有她的命运。"

宋医生立刻回答："性格控制命运，你就不是悲剧人物。"

"我不是？"礼子笑起来。

她答允参加义工工作，主持讲座，把一些资料告诉班上妇女。

——"惊人统计数字：在美国，百分之三十二妇女入息超过她们丈夫，可是，该票女性仍然担起百分之七十五的家务工作！相反，没有工作的主妇只做六十七巴仙家务。"

座上女性大大惊讶。

"假如女子年薪上升一万美元，她结婚的几率多七个巴仙，还有，假使她的收入占家庭总数百分之七十五，那么，她的离婚率也会减低百分之六十。"

妇女们大叫："钱作怪！"

"在网上求偶的男性，百分之三十六希望女伴收入高过他们，百分之十七希望收入相等，还有百分之四十七的希望女子收入低于他们。"

"什么，你不说我们还不知，世风日下。"

"这些数字由美国家庭关系小组、美国劳工署及社会研究所提供：十九至三十五岁的男人大多数认为择偶首要条件是女方有一份

稳定收入，这比她年龄、种族、宗教、婚姻状况都重要。”

女士们静了下来。

“结论是：女子想要比较健康的婚姻生活，首先要有一份收入丰厚稳定有晋升前途的工作。”

“真悲哀。”

“不，男女终于平等了，从前，女性不是一直要求男方大学毕业，有专业知识吗？”

女士们尴尬地笑起来。

“下一节，我们谈美国人除出怕地球温室效应，还为什么烦恼。”

“那是什么，高离婚率？”

“一定是东南亚国家崛起影响经济。”

“朱小姐，先透露一点消息。”

朱礼子慢条斯理地回答：“那是近年中学男生成绩远逊女生，所有科目包括数理化都是女生占优势。”

“哗，已经明白学业优秀才能找到高薪工作。”

礼子点头：“终于都知道幸福在自己手中。”

朱礼子成为组织最受欢迎的主讲。

她其他话题包括“人口贩卖存在吗”、“少女是否应当注射子宫癌疫苗”、“为什么不领养孩子”等。

她打算把内容结集出书，已与出版社联络。

宋医生鼓励她：“你仍需要更严肃的工作。”

“你指什么？”

“我下月将会合其他医生到非洲坦桑尼亚做报告，你可愿同行？”

礼子踌躇：“这不是观光。”

“我们将到无国界医疗部会合，你现在即去注射各式防疫针还赶得及。”

“我得先查一查该国资料。”

“那难不倒你，礼子，我们需要随团记者。”

“我与母亲及姐姐商量一下。”

“她们已经知道此事，她们鼓励你。”

礼子犹疑：“由此可知我在家中是如何不受欢迎。”

宋医生笑了。

礼子即时注射防疫针，礼禾告诉她：“带足药物及卫生用品，小心饮食，该处天气日热夜冷，你需准备耐脏秋季衣裤，长袖卡其最适合，坦桑尼亚近海，政治稳定，这算是非洲比较幸运国家。”

“民众患什么疫病？”

礼禾回答：“贫穷。”

礼子随团出发，她默默跟着医生后边，用手提电脑记录日志，举起相机，拍摄难得一见的情况。

一切资料都是多余的：坦国的历史地理、城镇分布、农作物矿产量、国民收入、宗教信仰……全部成为纸上谈兵，礼子一到营地便闻到一股特殊气息。

宋早轻轻说：“死亡气息。”

一抬头，看到一屋顶蹲着巨大丑陋的秃鹰，它们专吃死尸，本身带着腐臭气味，焦黄通灵的双目注视在广场玩耍的儿童，像在询

问："你是我下一顿晚餐吗？"

礼子不寒而栗。

这算是比较温和的医疗营，专治妇女产后疾病，创办人曾被提名诺贝尔奖，但是礼子每走到一个角落都需咬紧牙关：简陋的设备，病人绝望的神色，工作人员汗流浃背，救得一个病人是一个。

礼子忽然发觉：这里没有艺术、音乐、爱情、友谊，只有每日与死神挣扎。

她不再做噩梦，她睡得很好，每天要人敲锣把她叫醒，她忘记那个心上插着一把匕首的图案。

病人通常年纪很轻，十四五岁，匆匆嫁给中老年男子，减轻娘家负担，可是发育不全便生产后遗症甚多，难产只是其中之一。

宋医生主要是为她们捐募经费。

礼子说："回去，我把所有积蓄给你。"

"三分之一足够，还有其他人需要援助。"

"你会觉得富庶的城市人无病呻吟十分无聊吧。"

"城市人丰衣足食也有压力，也有苦恼，我不会嘲笑他们。"

礼子叹口气："我明白你叫我随团的原因了。"

宋医生微笑："著名的维多利亚大湖与海明威笔下的凯利曼洛山就在境内，你可以乘车去观赏。"

"下一次吧。"

下午，在苍蝇嗡嗡声中，礼子坐在病人扎伊身边，与她聊天："娘家的人会来接你出院吗？"

她苦笑："他们嫌我没有能力，又浑身发臭，已驱逐我。"

“夫家呢？”礼子担心。

“叫我独自住到村尾一间茅屋。”

这时，礼子听见她长长吁出一口气。

扎伊不知应该控诉什么人虐待她，她因难产损及膀胱，失禁经年，糜烂感染，入院急救，娘家夫家都嫌弃她。

礼子安慰她几句，她不一定听得懂，但温和语气没有国界。

忽然，她看见苍蝇在扎伊嘴里钻进钻出，她伸手去赶，电光石火间，礼子明白了。

扎伊在不知不觉间已经离开这世界。

“医生！”礼子大叫。

看护走近，看了一眼，悄悄把床单拉上盖住扎伊头部，又去忙别的事。

扎伊享年十六。

从该时起，朱礼子决定忘记她个人烦恼。

第二天，宋医生把手搭在她肩膀上：“该回程了。”

礼子点点头，她把衣物日用品全留下送人。

回程坐经济客位，邻座女士抱怨礼子体臭难受，要求调位子，服务员把礼子挪往头等。

她坐在一个白人老先生身边，他问她：“亲爱的你去过何处搞成这样？”

礼子忽然忍不住，把扎伊的故事告诉老人，并且给他看电脑上记录图文。

“我的天！”老先生吃惊，“我活了七十多年经过两次大战还

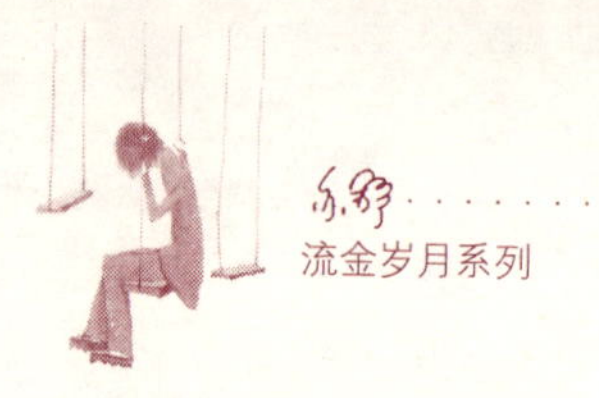


未听过这种惨事。"

他摸出支票簿捐赠一万美元，他又叫别人来看图文，其他乘客又纷纷捐钱，一共三千余元。

礼子安然入睡，奇是奇在头等客反而没有嫌弃她。

抵埠发觉母姐同时出现接她。

礼禾看着她："礼子，你忘记搽防晒膏。"避重就轻。

礼子摸摸脱皮的鼻子："是。"

回到家第一件事便是浸浴，母亲给她一瓶栀子花浴油，她泡了三十分钟，用手掬起宝贵清水，敷向面孔。

礼禾坐在浴室里说："去过的人都说人生观大改。"

礼子点点头："是，已没有什么看不开的事，我会把观感在讲座上发表。"

"听说妇女把她们的女儿带来听讲。"

"正是我所想所求，总算做了点事。"

"妈妈是一直想你教书啦。"

"全世界所有妈妈都希望子女做医生与教大学。"

"有些母亲千方百计阻止女儿学医，太辛苦了。"

"我对医护人员致最大尊敬。"

"礼子，你接受事实没有？"

礼子回答："三部曲磨炼全部完成：第一，是愤怒；第二，否认；第三，接受事实。"

礼禾轻轻说："可怜的礼子。"

"姐姐你可要疼我多些。"

“礼子，不论你是英雄还是毛虫，姐姐一样爱你。”

礼子破涕为笑。

她一回到讲座，听众都围上来。

“朱小姐，美国高校的女生成绩真的比男生为佳？”

礼子回答：“原来，男生并未退步，他们一直维持水准，但女生却超越他们，取得不可思议成绩像一百分之类。”

“今天是要讲女生在数学上打败男生经过？”

“不，”礼子说，“今天，讲扎伊的故事。”

四十分钟后故事讲毕，全座没有一双干的眼睛。

“很多人认为第三世界妇女稍欠智力，这是不正确的，假使接受教育及专业训练，她们一样可以出人头地。”

“对，我们要争取权益，不是意气。”

“我丈夫讽刺现代女性吃饱睡足，无理取闹。”

“你有你做，他有他笑，一个世纪之前，女性争取选举权，何曾不遭男人揶揄，什么不是一寸一寸争回来。”

“对，二次大战之前，柏林大学不收女生，战争结束，男丁短缺，女性地位才高起来。”

一个美少女举手：“我想都没想过世上有这样不公平事情。”

有人忍不住转头：“亲爱的，当你年老色衰，你会看到更多丑陋事实。”

大家哄笑，接着欷歔。

有一个人，静静坐在后角光线较暗的地方。

众人散去，礼子收拾图片文件，她轻轻走近，用迟疑的声音

说：“可以捐款吗？”

礼子笑着抬头：“我给你地址电话，你直接同他们联络，我不代收捐款。”

“礼子，你好。”

礼子看真了她的面孔，大吃一惊，面子上不做出来，但是浑身肌肉发硬。

来人是赵小兰，这不是偶遇，她有意找上门来见她，避无可避。

世界那么大，她一定要钻牛角尖，有什么办法。

赵小兰仍然清丽可人，她看上去有些疲态，穿一身亚麻松身衣裤，一看就知道已经怀孕。

礼子答：“拖赖，还过得去。”

“礼子，我想与你谈谈。”

礼子坦白地说：“我与你没有什么可说的，不要觉得尴尬，世上确有朋友与敌人。”

“可否化敌为友？”

“何必那么麻烦。”礼子预备离开演讲室。

“礼子，”赵小兰叫住她，“王志诚殴打我。”

礼子停住脚步：“你已怀孕。”

“他掴打推跌我。”

礼子说：“报警处理，莫陷你自身于不义。”

“礼子，请帮我忙。”

礼子摇头：“我不便介入，我可以介绍心理医生给你，还有，有位警员，专门负责家庭暴力事件。”她放下名片。

赵小兰还想拉住她，礼子轻轻推开她，匆匆离去。

回到车里，礼子吁出一口气。

好险，赵是孕妇，有什么推撞事故，吃亏的一定是朱礼子。

原来，他用同样手法对她，谁也没有例外。

起先，把阴暗一面收起，温文儒雅，一往情深地手持紫色勿忘我守候，赚得信任后，便意图控制，若不顺心，便采取武力。

一而再，再而三犯错不愿改过，发挥人性最坏一面，现在这一个，是他妻子，不是女友，或是未婚妻。

礼子把车驶往图书馆，坐下独自发呆。

很年轻的时候，也有男同学寒夜把车停在她家附近整夜守候，清早，她呼着白气敲他车窗："你怎么会在这里？"十分讶异。

他回答："昨晚找你，你说要温习，我没按铃。"她感动了，少女就是这样：缺脑。礼子正要吻他，礼禾在身后出现，大声咳嗽。

男生不久追求别的女孩：一样把她照片夹在车门玻璃上无时无刻观看，还有，用字母珠子拼出她的名字，挂在脖子上纪念。

礼子忽然觉得疲倦，伏在桌子上盹着。

管理员叫醒她，声音带着笑意："小姐，图书馆打烊了，可是南柯一梦？"

这人何其幽默，不，不，旧欢如梦才真。

雨天，交通挤塞，下班时分，好不容易把车驶出，一寸一寸在银行区慢驶。

礼子四处浏览，左边豪华房车里艳妆女子索性把头靠在男伴肩膀上休息，照说，头颅颇有点重量，肩膀会不舒服，可是，他表情

无限陶醉，巴不得时间永远不要过去，交通永远堵塞，美人永远依偎着他。

礼子微微笑。

前边一辆车里的男女却度日如年，两人都紧绷着面孔，朝相反方向看去，女方更打开车窗透气，有点想弃车而去的意思。

礼子忽然觉得没人爱也有好处，她的心果然已经死亡，她竟庆幸恢复自由。

车内电话响起，礼禾声音传来："礼子，你在何处，等你一个人。"

"等我做什么？"

"礼子，约好今晚吃饭，你忘了？"

礼子着急："我没换衣服。"

"不怕，都是家人，快来文华西餐厅。"

礼子把车掉头，挣扎三十分钟才赶到目的地，步行或许更快。

大家没有等她，已经在吃主菜。

父母与姐姐都穿得十分端正，在座只有一个陌生人，礼禾这样介绍："礼子，这是我男友苏锐忠。"

礼子顿时睁大眼睛，喜出望外，握着苏小生的手摇晃："你好，你好。"

只见朱氏夫妇也眉开眼笑，绝对信任大女眼光。

真的，世上好人比坏人多，只有朱礼子那么倒霉。

桌上放着烤龙虾，可是今晚吃什么都那么香甜。

朱太太笑说："我家女儿愚鲁，锐忠，你教教她，人家会得眉目传情，我的礼禾呀，看右，头先拧向右，看左，头又转到左，目不斜视，笨得要死。”

礼子笑得落泪。

朱先生抗争：“不过，我的女儿有嫁妆。”

“有，有。”朱太太加以肯定。

礼子问苏锐忠：“你们在一起有多久了，好不秘密？”

礼禾代答：“在一个会议认识，一年有多。”

“苏兄你做什么行业？”

礼禾又说：“他是都邦厂——”

礼子阻止：“苏兄，你自己讲。”

“我是都邦化工厂里化学工程师。”

礼子老气横秋：“你愿意事事尊敬礼禾以她为首？”

礼禾笑说：“他已答应以后走路落后我三步。”

礼子说：“来人呀，开几瓶香槟庆祝。”

她喝了很多。

第二天一早母亲问她：“礼子，你看阿苏人品如何？”

“问道于盲。”

“客观说一说。”

“人长得那么丑，大抵不敢坏到哪里去，不过也很难讲，将来有什么变化谁猜得到，只要这一刻开心便好。”

朱太太吃惊：“他丑吗，我看粗眉大眼也还过得去。”

“丈母娘看女婿，目光不一样。”

朱太太握着礼子的手：“你比姐姐吃苦。”

“我吃过什么苦？我都不记得了。”

朱太太说："还有去宋医生处吗？"

"有，每星期一次。"

"礼禾打算明年初结婚，你做伴娘。"

"不，我不喜欢做样板或预告。"

这时电话响起，昆荣兴奋无比的声音："生了，生了。"

礼子一怔才明白："是男是女？"

"男生，八磅七。"

礼子大笑："小胖子！"她非常高兴，"我马上来。"

朱太太连忙取过一只小小锦囊交给礼子："不要空手去。"

礼子抖出一看，原来是一枚小小金锁片。

"为什么幼儿饰物要做成锁的形状。"

"把孩子锁在人间呀。"真是一片苦心。

礼子赶到医院产科病房，只见惠明体弱气虚，闭目不语，哪有平时英明神武的样子。

礼子心酸，低声问："辛苦吗？"

惠明点点头，忽然豆大眼泪滴下。

礼子替她拭泪："现在不是伤感时候，留前斗后。"

礼子四处张望："婴儿呢？"她以为孩子就躺在母亲身边。

原来所有新生儿都被关在育婴室，只有在规定时间才可以隔着玻璃张望，免受感染。

昆荣带着礼子到大玻璃外等候。

礼子自言自语："男人经过这种时候还不忘与妻子争意气，也不好算是人了。"

昆荣点头，双目通红："你说得对。"

"一命换一命，你说可是，如今你不费一分力，两条人命归你家了。"

"是，是，但礼子请勿讲得如此凄厉。"

"倘若你叫他们母子不高兴，我会亲手把你的头颅切下踢进太平洋。"

幸好这时看护抱出婴儿，给他们观看，隔着玻璃，礼子大吃一惊，虽说超重，仍然只一点点大，红皮老鼠似，扭动哭泣，像是极不乐意来到人间。

好丑，相貌已经辜负了他妈，不知品格如何。

只听得昆荣说："你看他鼻梁高高，多么漂亮。"

礼子只得违背良心附和："是，相貌堂堂。"

她到病房放下礼物，握住惠明的手，稍后报馆同事也来了，礼子与他们谈个不停，像见到亲人。

宝珍说："给我做一个访问，谈谈非洲之行。"

礼子答："最怪异的是那里泥土颜色，像老虎身上那种鲜艳的棕黄色。"

"好！就用这句话做引子。"

礼子说："我真想回报馆工作。"

"你治好身体，随时复工。"

看护进来击掌："各位，探访时间已过，请让产妇休息。"

各人散去，意犹未尽，边走边谈，最后决定去喝咖啡继续吹牛。

一个小师妹坐到礼子身边，老气横秋地说："礼师姐，我听过

你的事。”

礼子点点头，入行数年，已成为师姐了，迟些，人称大姐，其实就是婶婶。

礼子调侃她：“你听到些什么闲言闲语？”

“我还以为今时今日已无人为失恋失常了。”

“你在讲我？”礼子指着胸口。

她一本正经点头：“他们说你大热天穿着毛衣四处跑。”

礼子变色：“‘他们’都是些什么人？我可以向你保证，从来没有这些事，我郑重否认。”

“他们还说，你精神崩溃，到今日还在接受诊治。”

礼子决定不再与她纠缠，与小朋友斗嘴，输了那是不用再活着，可是赢了又比输更惨，简直立于必败之地，她倒是什么都不说的好。

她才走到走廊，宝珍已追上：“礼子，记得把非洲照片传给我，我会将你面孔打格子，替你匿名。”

礼子点点头。

“记得我们初入行？为着突出自己，也曾语出惊人。”

礼子转头离去，她明白宝珍是叫她包涵。

下午，咖啡厅有卖艺人弹钢琴轻唱，讨好的歌声如泣如诉：“你一走便没有阳光，你离去时间偏偏又长……”

礼子推开玻璃门走到街上，他们把她说成疯妇一般，她有那样恐怖吗，如果有，一定叫父母伤心了。

这时，有人叫她名字：“礼子。”

礼子抬起头："啊呀，"她叫出来，"又是你。"

赵小兰站在她前边，挡住她去路。

礼子斥责她："你为什么跟踪我？你骚扰我。"

"礼子，你是过来人，只有你可以帮我。"

礼子忽然想到她到苏杭家去打探消息被拒的情况。

她终于说："我们找个地方坐下。"

她带赵小兰到一间私人会所。

小兰抬起头："家父是会员。"

可见两人出身都不差，不知怎地同时沦落。

她嘴角有新近缝针痕迹，像一只苍蝇，停在唇边，挥之不去。

礼子轻轻说："会过去的，你要振作。"

小兰探身向前："怎么做？"

礼子看着她较从前粗糙的头发皮肤："离开这个无药可救的环境。"

"孩子怎么办？"

"独自抚养，你有足够能力，何必踌躇，你已尽力，这不是你的错，不是每个人都可以拥有完美家庭，上天给我们什么牌，就是那些点子。"

"就只得这条路可走？"

"唯一生路。"

"每次他都跪着流泪道歉以后不会再犯。"

礼子给她接上去："每次他都控制不了拳头。"

"他已辞去工作，对外说是陪我待产，实则上控制我每个行动。"

礼子问："今日你怎样走出来？"

"他醉酒熟睡未醒，我偷偷溜出，我到报馆找你，他们告诉我你的行踪。"

又是他们，礼子拜服，他们什么都知道。

礼子又问："你可有积蓄？"

"生活不是问题。"

礼子说："你已比许多人幸运，去一个安全地方，把孩子养下再说，否则，一尸两命，他也难逃法网。"

"当初，我以为他是受害人，朱礼子癫痫。"

礼子不再说话，她凝视赵小兰。

稍后礼子站起来："祝你好运，原谅我多嘴，再见。"

她走出会所，心头十分轻松，是，她讲多了话，可是，她做了她应当做的事。

礼禾找她："礼子，我需要礼服、礼堂、菜单、花束，一切与婚礼有关的服务人员。"

礼子答："我替你请社交版编辑帮你找专家帮忙。"

"若在海外举行婚礼，你也一定要出席。"

"礼禾，我有话说。"

"我有些急事，我们稍后再联络。"

礼子忽然明白，这一刻起，姐姐将以她个人家庭为重。

她仍然爱她，当然，妹妹是狗熊或毛虫她都不在乎无所谓，但是她的心已属于那丑汉。

礼子回到家，她处理一些工作，把照片传给宝珍，加上简单说明，再与社交版编辑谈一会儿。

那编辑说：“礼子，你的事我们都知道一些。”

“是失恋的事？”礼子失笑。

“是，不好意思，不过我觉得你已熬过难关，你痊愈了。”

他们都认为只是失恋小事。

她感慨：“我这才知道那创伤原来有黑洞大。”

“那件事拜托你了。

“放心，我有极能干的人介绍给令姐。”

忙了一天，礼子累了，和衣倒在床上，朦胧间觉得母亲走近，轻轻说“可怜”，替她熄灯，轻轻离开。

礼子睁开眼睛，叹口气。

第二天，母亲对她说：“礼子，你爸要去东京签约，以往，他总带两名秘书同往，”她停一停，“其中一名，必定年轻貌美，回来便晋升部门主管，这次他却叫我随同，说是想有人照顾。”

礼子微笑：“那多好。”

“你不反对我去？”

“已经离了婚，又不图复合，你当照顾一个老朋友好了，以前我误会他，老与他作对，今日才知道他是一个好人，就是对妻子不忠。”

“分了手反而言和，你说奇不奇。”

“当年收养我，他可是一点没反对？我可有叫你为难？”

“他对你与礼禾完全公平对待。”

“我十分幸运。”

“礼子，家里只有你一人，你不如搬到礼禾处住几天。”

礼子笑："礼禾或许需要招待丑男。"

"你怎么可以这样称呼未来姐夫。"

礼子笑："女人的毛病是看别人的对象，目光尖锐，诸多批评：怎么同那样一个人在一起，又丑又穷又无志气，可是轮到自己，就像瞎了眼似，好比丈八灯台，照到别人，照不到自己。"

把父母送走，一回到家，礼子就接到电话："礼子，我是小兰。"

礼子镇定地问："你在什么地方，你决定没有？"

"不要告诉任何人，我已在夏威夷群岛某处。"

礼子吁出一口气："有亲友陪伴你吗？"

"有，原来很多人关心我，我尤其感激你。"

礼子说："我什么也没做，你自己保重。"

对方挂了电话。

一般华人定不会教女子逃离家庭：拆散教唆挑拨离间他人夫妇，如犯天条，从前，朱礼子也一定守口如瓶，可是，知道身世之后，礼子改观。

她为着母亲的缘故决定出手帮助赵小兰。

当年，如果有人愿意协助她母亲，也许，她就不至于成为孤儿。

她用电话联络宝珍："请你为我做一件事。"

"什么事？"宝珍慷慨，"在所不辞。"

礼子说清楚。

宝珍讶异："就那么简单？"

"不过，你一定要记得做，准午夜十二时。"

宝珍说声明白便去忙别的。

那一整天，礼子关在家中读水浒，看到林冲雪夜上梁山一章，不禁鼻酸。

天色暗下，渐有秋意，礼子收到母亲电话："已抵东京，我们在街边小档摊吃荞麦面。"

礼子不由得笑出声，呵多有情调。

她静静等待，十一时三十分，佣人休息，她熄灯按亮防盗警钟，回房淋浴。

礼子把水开得非常烫，像是要洗涤极度肮脏。

她披着浴袍出来，换上运动衣裤，一边擦头发，一边听见有人说："漂亮身段一丝都没有变。"

礼子震惊，缓缓转过头去。

只看到王志诚躺在她床上，微微笑，他也与从前一模一样，一点也看不出来，心怀叵测。

他是如何进来的？

露台长窗开启，他显然从那里爬进，他曾经说过他会那么做。

他轻轻说："防盗铃号码改过了，不过，我已把它连电话线一起剪断。"

礼子缓缓靠向墙壁。

"这是你的手提电话吧。"

他把它关掉，收到抽屉里。

他说："心理医生教我息怒，我学得很快。"

礼子说："禁制令仍然有效，你来干什么？"

"我来寻回我的妻子及儿子。"

“与我有什么关系？”

“朱礼子，”他轻轻说，“我知道她见过你，与你说过话。”

礼子冷淡地回答：“我们本来就认识。”

“过来。”他拍拍床沿。

“对不起，我做不到。”

王志诚扬起手，他手里握着一把手枪。

“我也是最近才研究枪械，这是一把真宁斯二十二，六发点二二口径子弹，俗称肚皮枪，近距离发射最见效。”

礼子不觉害怕，她只感觉寒意袭人，双手冰冷。

她说：“佣人在地库休息。”

“对呀，所以什么都听不到，礼子小姐，我打探过，这屋里只有你同我了。”

“你打算怎样？”

“把小兰行踪告诉我。”

“我只知她在夏威夷群岛。”

“我也知道，我要的是街名与门牌号码。”

“她没有告诉我，你可以在我房中躺整宵，我们可以一直聊到天亮，你不会得到结果。”

他又扬起左手，这次，手上有一把手术刀。

“朱礼子，我早应把你的脸割成一片片。”

礼子瞪视他：“王志诚，放下武器，立刻离开，你还来得及回头。”

“你们都亏欠我！”

“王志诚，你受过高深教育，你这样会糟蹋一生，请即回头。”

他从床上起来，逼近礼子："礼子，我曾经这样爱惜你，你怎样报答我？你一刀一刀割碎我的心。"

礼子转身就逃出房门，他追上来，抓紧礼子足踝，两人一起滚下楼梯，礼子只觉面颊一凉，伸手去掩护，摸到一手血。

礼子眼前冒出朵朵金星，她心里叫：妈妈，救我。

这时，她忽然听见门铃大响，有人在门外吼叫："警察，开门！"接着是撞开大门的声音。

佣人闻声出来看一个究竟，不禁尖叫，她扑在礼子身上护主，接着，是两响枪声。

礼子听见宝珍颤抖的声音："我来迟了，我该死，我迟了二十分钟，我差些害了你。"

礼子没有回答，她看见警察把右臂滴血的王志诚拉出去。

救护车赶到，礼子看到邻居纷纷走出来看热闹。

一直到在医院缝针礼子都清醒。

从眼角到下巴，一共缝了三十余针。

宝珍在一边哭泣，礼禾赶到，不停在急症室踱步。

警察进来向礼子录口供："你怎知道他会出现？"

礼子低声答："他曾经是我的未婚夫。"

警察很聪明："他曾经试过爬露台？"

礼子不置可否。

"你如何作出安排通知警方？"

"我拜托朋友，午夜十二时，打我的电话，如无人接听，线路会接到留言箱，那时，她会听到指示。"

“什么指示？”

“王志诚在我家，威胁我生命，请即报警，必要时破门而入。”

“你知道他一定会来？”

“我希望他不要来，这次我希望我看错了人。”

“朱小姐，你可愿出庭作证？”

“我愿意。”

礼禾过来握住妹妹的手。

警察道谢离去。

礼禾说：“我已着人换过门锁，这件事，在适当时候才告诉妈妈。”

礼禾着妹妹休息，她出来时遇见于律师和宋医生，经验丰富的三个专业女士竟然无言。

“是什么导致王志诚这个人残虐女性？”

“我们还是低估了他的危险性。”

“一般人认为男女争执泰半只是耍花枪。”

“直至发生今晚这样的事，宝珍说，她出示记者证，警员才愿随她出动。”

“这次王志诚命运如何？”

“持械，闯入民居，使用杀伤力武器，严重伤害他人身体，袭警……”

“十年，十二年？”

“到我处喝杯啤酒慢慢谈吧。”

“我真需要一瓶啤酒。”

“可救贱命。”

礼禾站起来时双腿发软，需要于律师撑扶。

又是午夜时分，值夜看护轻轻说：“真勇敢。”

另一个问：“是说朱礼子吗？”

“换了是我，搬到外国居住，一辈子也不回来。”

“出庭作证，一般人会怎么想？我怕那些奇异目光及窃窃私语，世人总觉得是女方犯贱。”

“即使男方入罪，女方也完结了，社会永远不会了解家庭暴力严重，因为受害人不愿站出来。”

看护忽然心血来潮，她说：“我去给朱礼子服药。”

她推开病房门，病床空着，一片凌乱，看护大吃一惊，刚想按动警钟，看到床底下伸出一只手，她蹲下一看，原来病人躲在床底，蜷缩一团。

看护轻轻说：“不要害怕，我是护士。”

病人忽然尖叫，惊动其他护理人员，推开门查看。

他们都想把病人自床底拖出，但是病人拼命挣扎，因怕伤害到她，他们合力把病床抬开。

看护紧紧拥抱病人：“别怕别怕，你在医院里。”她只觉恻然，不觉淌下眼泪。

病人渐渐静下来。

礼子在医院逗留整个星期才回家，她的卧室已经搬到客房，露台上镶上铁枝。

礼子问：“爸妈呢？”

“嘘，他俩乐极忘返，已转道往北美西岸，他俩此刻是情侣关系了。”

礼子取过镜子，仔细看脸上疤痕。

礼禾告诉她：“医生说，痊愈后会像睡得太熟在枕头上压起的皱纹，他可以替你注射，伤口自会平复。

礼子不出声。

“赵小兰看到新闻，她与我谈了一会儿，她想回来探望你，她心情很复杂。”

礼子轻轻说：“我不是不想说话，而是无话可说，你不必为我担心。”

“王志诚认罪，他表示上庭对质会对女方造成更大创伤，已与律政署达成协议。”

礼子仍然不出声。

“市民送花赠慰问卡片给你，光明晨报共收到一千七百余份留言。”

礼子牵牵嘴角：“我终于成名了。”

礼禾说：“出了这样大事，爸妈竟无所闻，真幸运。”

她一抬头，发觉礼子已经睡熟。

她轻轻说下去：“王志诚判刑七年，他将接受心理治疗，是什么令他做出伤害女性的事？我们不知道，正如我们不知为什么有些人是杰出科学或是文学家，有些人是连环凶手。”

礼禾听到妹妹鼻鼾声，在这个角度，她清晰看到礼子面颊上的疤痕，自眼角到下巴，像条粉红色拉链。

她忍不住说："我所知道的是，你一定会好起来。"

礼子在家休养。

她最佩服父母：回来后从头到尾不发一言，一字不提，当做什么也没有发生过，他们不投诉，亲友也不说起，竟相安无事。

礼子一直在家帮宋医生做联络协助筹款，每朝九至十一时，下午三至五时，其余时间属于读书写字，自嘲成为闺秀。

一日下午，她一边喝黑咖啡一边写报告，佣人敲门说："小姐，有一个年轻太太找你，我没让她进来，她在门外等。"

礼子走到大门前一看，好面熟的一个年轻女子。

她隔着铁栏看见礼子，忽然红了眼睛。

礼子知道她是谁了："请里边坐。"

这是苏杭，她身边还带着一个小小约三岁穿着雪白小裙的女孩。

礼子吩咐女佣招呼小孩，那孩子却黏在母亲身边，不愿离开。

苏杭一直没有说话，她忽然伸出手抚摸礼子脸上伤痕，礼子没有退避，接着，她拨开领口，让礼子看她颈项上伤口，一切尽在无言中。

然后，她们母女告辞，礼子送到门口，两人对着深深鞠躬。

苏杭想说话，嘴唇动了动，始终没开口，接着，司机把孩子接上车，母女俩离去。

礼禾刚刚回家，把这一幕看在眼内："那是什么人，你俩何故眼红？"

礼子轻轻说了几句。

"啊，就是她，我恼怒她还来不及呢，假如她当年有你的胆

色，你就不至于受伤，她讲些什么？”

“她一言不发。”

礼禾点点头：“我佩服她来看你，这也需要勇气。”

礼子说：“我们三人也许会组织一个伤痕会，不致寂寞。”

礼禾瞪妹妹一眼：“亏你如此诙谐。”

礼子凄凉地想：可见是在痊愈中，这样可怕的伤痕也会愈合，人类的顽强生命力真是不可思议。

礼禾见她不语，连忙致歉：“对不起——”

“准新娘，你去忙你的吧。”

一年后，礼子发觉亲友对她的神色渐渐恢复自然。

又再过了一年，他们好似淡忘了这件事。

礼子脸上的伤痕已经九成九平复，在阳光下可见一条长长褶痕，神经线受到影响，笑起来嘴角略歪一点，医生说因为年轻，将来可以复原。

复原？永不，礼子知道自己的事。

她回到光明晨报工作，在做一辑本市创作人才访问，写得十分细腻，对主角的童年特别留意。

礼子没有外逃的意思，她每天面对现实。

一日正在报馆忙工作，秘书进来说：“有人找朱礼子。”

众同事立刻警惕站起，保护礼子。可见他们什么都记得。

进来的却是相貌与礼子有三分相似的女客。

礼子一看：“啊，你回来了。”

那人轻轻说：“我回来探亲。”

来人是赵小兰。

她走近，伸长手，轻轻抚摸礼子脸上伤痕。

“请坐，我给你斟茶。”

“不用，”小兰说，“看到你就好。”

礼子问：“孩子呢，是男是女？”

“我不幸小产，很吃了一点苦，礼禾没向你提起？”

“啊。”礼子震惊意外。

她说下去：“我与友人在火奴鲁鲁开了一间珠宝店，你有空来逛逛。”她放下名片。

“海外生活如何？”

“托赖，还过得去，其实，要忘记，无论住在何处都可以忘记，但住在外国，名正言顺听而不闻视而不见。”

“会想念本市吗？”

“所以回来探亲：商机很好，人流也广，永远是赚钱好地方。”

到底是生意人，仍然那样圆滑。

“我给你带了一份礼物。”

她取出一块拳头大小闪烁的黑色岩石，放在礼子面前。

礼子一看就高兴：“这是火成岩黑曜石，可是来自蒙娜基亚火山？”

“正是，我极之喜爱这种原料，做成饰物，配金、银，以及各色宝石都好看。”

“那么多岩石中，我最喜火成岩，试想想，地心中央熔岩涌出地面冷却后又经数千万年试炼才能够形成。”

赵小兰凝视礼子：“我一直觉得与你谈得拢。”

礼子只得苦笑，把石头放在桌子上，压住一些文件，在阳光下它闪闪生光。

礼子轻轻说："假如一件事杀不死你，你会从中学乖。"

小兰站起来："礼子，我要告辞了。"

"祝你生意兴隆。"

报馆同事忙碌不堪，新闻室像一个墟，十分热闹，在这样环境里工作也是一种修炼。

礼子送她到门口，她再与礼子拥抱一下，礼子意味到这是最后一次她主动要求见面，礼子点点头表示明白。

奇怪是她们三人拥有常人缺乏的感应。

小兰走了，她们都已重新开始，只除出朱礼子。

回到新闻室，惠明坐着等她，把火曜石照向阳光，仔细探视："里头可有亿万年前昆虫？"

"那是树脂琥珀，不同这个。"

惠明已是礼子半个上司，可见岁月真不经蹉跎。

"我表哥的表哥自加拿大缅省回来，有空不如一起吃顿饭。"

礼子微微笑："缅省有大草原，该位先生一定是土生土长的华侨，务农种麦子，开着收割机在金黄色一望无际麦田里游走，皮肤晒得与土地同色。"

"礼子你想象力真丰富。"

"他想成家了，可是又不喜欢洋女或是洋派女子，于是回乡娶一个殷实可靠的女子为妻，可是这样？"

惠明笑得翻倒："不，不，不是那样，他是麦基尔大学的风力工程师，到缅省协助建造风力发电站，你见过山坡上那种一排排巨型高台风扇没有？那就是了，人类必须利用可更新能源，否则空气污染，大气受到摧残。”

“啊，挽救地球的英雄。”

“绝对可以这样说。”

礼子感喟：“不知哪家女儿有福气有缘分，嫁过去，护照、生活、地位都有了着落。”

“那可能是你，礼子。”

“我？不，我没有准备好，我不想这么快恢复约会，我需要时间。”

惠明欷歔：“那个王志诚，真有点能耐，这么久了，你还是落落寡欢。”

礼子不语，只有这样老友才敢不忌讳揭疮疤。

“报社招聘记者，来替你准备了旁听席，帮帮眼。”

“挑有新闻系证书的美女不就得了。”

“美女如云，二十多人投考，只得三个空缺。”

礼子随惠明坐进会议室，只见一列五名编辑排排坐开，主人多过客人。

那些新人逐个进来应试，全部乖巧伶俐，能说会道，活泼能干，讲起时事，头头是道。

中午小息，一起吃饭时大家问礼子：“旁观者清，你怎么看？”

礼子想一想：“女生比男生出色，可是，也不能尽取女生，你看，今日政府首长几乎大半是女性，阴盛阳衰，都是因为二十年前英国人喜欢录取女生之故，报馆宜取中庸之道。”

“可是，我选的三个都是女生。”

“两女一男如何？”

“也只能这样了。”

老陈挑的两个女孩都身段高挑，秀发如云。

礼子笑起来，呵，眼睛吃冰激凌。

老陈抗议：“笑什么？你当年就是这个样子。”

“是，”礼子说，“我记得，一个人来面试，穿一条粉红色裙子配白色高跟鞋，一进门便知道穿错衣服，你们正在吃西瓜，给我一片，叫我坐下即席写一篇五百字散文，题目不拘。”

都像是前世的事了。

“你那篇拙劣幼稚的杂文一读便知有潜质，资深编辑多数有这种眼力，果然没有失望。”

礼子笑了，那时，每天雄赳赳气昂昂地上班，写起报告来，废寝忘食，一天可写万言，现在，两千字一过，头颅每一部分都会刺痛，像老人家般，颈脖僵硬，指节酸软，背脊都驼起来。

礼子退席。

老陈待她关上门才叹口气说：“然后，她恋爱了，一次创伤，像是老了二十年。”

惠明说：“她会好起来。”

昆荣感喟：“两年前你也是那么肯定。”

老陈说：“即使痊愈，朝气尽失。”

惠明忽然动气：“你呢，老陈，你秃掉头发可会得长回来，礼子怎可维持稚气不变？”

“是，是，闲谈莫说人非。”

惠明忽然落泪。

这逼得老陈匆匆离开会议室。

昆荣问妻子：“王志诚可有假释机会？”

“已被驳回，他若出来，礼子还有一觉好睡？”

“礼子此刻也无好睡，唉，表哥那边，她可愿意出席？”

“已经拒绝。”

“人家条件不错，人品也好，大家是表亲，自小认识，十分可靠。”

“礼子讲的是火花。”

“幼稚，什么年纪了，还讲那些。”

这时有人推门进来：“面试是这里吗？”

他们这才噤声，各忙各去。

过了几日，礼子还是给惠明面子，前去相亲。

小小公寓挤满年轻人，幸亏天气凉快，不然怕要热出一身大汗，礼子只在白衬衫上加一件毛衣，躲在厨房帮忙洗杯子冲茶做咖啡切水果。

惠明抱着孩子进来聊天，礼子怪肉麻地对那两岁儿说：“猪猪，叫阿姨，说，爱阿姨。”

那孩子拖长声音说：“爱——爱。”

礼子哈哈大笑，卜卜卜亲他面孔。

惠明问：“看中谁没有？”

“我没看。”

“那么，”她把礼子推到厨房门，“快看。”

礼子看了一眼，她目光尖锐，立刻发现有四个适龄男子，其余是打扮得花枝招展的女客。

其中一个平头，年纪轻轻，不知怎地，头发花白，像胡椒与盐般颜色。

她缩回厨房洗手，没有出声。

这次惠明声音严厉："看到谁没有？"

礼子顽强地说："没有。"的确没有。

餐厅送自助餐上来，她又忙着打点，昆荣过意不去："礼子你去那边坐着看书。"

礼子不去理他，用调羹敲敲玻璃杯，叫大家进餐。

然后她取过背囊悄悄离去。

屋里的年轻男女好像已经配了对，一双双坐着边吃边谈。

临出门之前，礼子看到那灰发男子前站着一个漂亮女孩，娇俏地抬起下巴，用仰慕神色看牢他说话。

礼子耸耸肩，低着头走到街上，对面是市政公园，礼子走进溜达。

橡树叶转黄，大块大块落下，孩子们踢着树叶嬉戏，礼子一个人越走越深。

她在一张长凳坐下，眯着眼睛，看向树木深处，像是听见一男一女争吵声。

隐约传来女声："走开……不要骚扰我……"

男子粗鲁的声音："你走到天涯海角都逃不出我掌心！"

礼子转过头，她太知道这是怎么一回事。

她看到地下有一枚不知哪个孩子遗下的垒球棒，她拾起它，紧紧握在手中。

她轻轻朝争吵声音源头走去。

语声越来越清晰，男子说：“我没有钱，你得设法弄给我，当初见你衣着时髦，以为你家境富裕，谁知你一无所有，装假骗人。”

女子开始哭泣。

礼子看到他俩了，隔着树丛，她见到那个子高大的男子不断伸手去推女子，她想站起，他就把她大力推坐在长凳上。

本来是情侣谈心的隐蔽地方，想他们从前也来过多次，今天变成这种场面。

女子掩脸：“我不会到色情场所去赚钱。”

男人抓紧她双肩大力摇晃，女子尖叫。

这时礼子忍无可忍，怒上心头，她自树丛走出，双手握住垒球棒，大声吆喝：“往后退，放开她！”

那对年轻男女错愕地抬起头瞪着朱礼子，两人异口同声：“你是谁？”

礼子把女子拉到身后，用手提电话报警，一边说：“不用怕，躲到我身后。”

这时，忽然对面有一个人跳出：“这是谁，我刚要叫cut，怎么跑出这个女人？”

礼子呆住，她看到整组工作人员自树丛后现身：导演、摄影师、灯光、道具……众人弹眼碌睛瞪着她，有人骂声不尽。

礼子放下垒球棒：“拍戏？”

那组工作人员吼道：“拍戏！”

一个像是助导的大汉狠狠地问："你从哪颗星球来？你不认得鼎鼎大名的施本然与古嘉瑶？"

礼子不甘心："对白为何如此下流？剧本为何轻贱女性？"

这时两个巡警赶到："什么事？"

导演跳脚，咒骂声不绝。

这时有人轻轻取过礼子手上的垒球棒丢到树丛。

礼子抬头："你。"

"是我，"那灰发男子说，"惠明不放心，叫我跟着你。"

礼子尴尬："什么都叫你看见了。"

他笑："路见不平，拔刀相助。"

只见他走向前，出示证件，并且解释一番，警察说："拍戏需要申请，你们收工吧。"

这时游人已渐渐聚拢："看，施本然在拍戏"，"啊，还有瑶瑶"……看样子这场戏是拍不下去了。

灰发男子拉着礼子离去："惠明叫你回去吃饭。"

礼子诧异："你是谁，你可是惠明的表哥，那个风力工程师？"

"不，我是本市警署行动组助理署长，我是昆荣表叔。"

"哗。"礼子张大嘴巴。

他取出手帕给她擦脸，啊原来朱礼子已满头大汗。

"惠明担心你不知走往何处。"

"幸亏你跟了来，否则我会挨揍，真没想到那对俊男美女的演技如此逼真。

他们两人都笑了。

回以昆荣处，发觉人客包括风力工程师都走了，惠明抱着孩子出来："给你们两人做了鸡汤面，快吃吧。"

礼子这才问他："尊姓大名？"

他笑："你从哪个星球来？我是曹煜警司。"

礼子大口大口吃面。

"曹叔待会儿你送礼子回家。"

曹煜大声答知道。

这一次，礼子非常小心，淡淡地与曹警司约会了大半年，话才渐渐多起来。

她对惠明说："他极之体贴，真想不到那么细心。"

"虽然叫他表叔，他头发又早白，实际上只得三十七岁，我保证他从来未曾结过婚，也没有私生子。"

"当初为什么不介绍曹煜给我？"

"警察，你知道，出生入死，我有踌躇。"

"惠明，你对我真好。"

"那还用说，真是，你姐姐礼禾怀孕没有？"

"我猜不会那么快。"

惠明打开，噫的一声，无限惋惜。

礼子问："什么消息？"

惠明把报纸递给礼子看，只见大字标题《家庭大悲剧，妻子当着三个孩子刺伤丈夫》。惠明又再翻过一页《年轻夫妇被控谋杀一岁亲女》。

惠明说："还有——"

礼子按住她的手："我情愿看娱乐版。"

惠明故意旧事重提："施本然古嘉瑶拍外景争吵场面演技逼真遭途人报警。"

礼子大叫起来。

惠明放下报纸："礼子，你痊愈没有？"

礼子伸手摸面孔上疤痕："还看得出吗？"

"不，不是指外伤。"

"啊，你指心灵，我至今尚噩梦连连。"

"曹叔会保护你。"

礼子说："一个人靠的，不外是他自己，人要自身争气。"

惠明答："这本来是应该的，但是由你说来，不知怎地，有点凄凉。"

礼子不出声。

"礼子，你很勇敢，我们都尊敬你。"

礼子握住好友双手。

北京市版权局著作权登记号：图字：01－2010－6065号

图书在版编目（CIP）数据
爱情慢慢杀死你/亦舒著.—北京：中国妇女出版社，2011.8
ISBN 978-7-5127-0122-9

Ⅰ.①爱… Ⅱ.①亦… Ⅲ.①长篇小说－中国－当代 Ⅳ.①I247.5

中国版本图书馆CIP数据核字（2010）第222894号

爱情慢慢杀死你

作　　者：亦　舒　著
丛书策划：钱　丽
责任编辑：钱　丽　丁媛媛
装帧设计：奇文云海
出　　版：中国妇女出版社出版发行
地　　址：北京东城区史家胡同甲24号　**邮政编码**：100010
电　　话：（010）65133160（发行部）　65133161（邮购）
网　　址：www.womenbooks.com.cn
经　　销：各地新华书店
印　　刷：三河市杨庄长鸣印刷装订厂
开　　本：135×210　1/32
印　　张：6
字　　数：91千字
版　　次：2011年8月第1版
印　　次：2011年8月第1次
书　　号：ISBN 978-7-5127-0122-9
定　　价：22.00元

# 有亦舒的日子

## 亦舒书友俱乐部成立了……

谢谢您购买本书，请详细填写本卡各栏，寄回即成为会员，购书一律8.5折，如累计寄本函六次，立即成为"亦舒书友俱乐部–VIP会员"，购书只要7折。购书时请注明会员编号。（可复印寄出）

**姓　名：**

**性　别：**□男　□女

**出生年月：**

**学　历：**□高中及高中以下　□专科或大学　□研究生以上

**职　业：**□学生　□资讯　□传播　□行销　□服务

□金融　□自由　□其他

E-mail：

**联系电话：**

**地　址：**

**邮　编：**

## 读者意见反馈

1 您所购买的书名：

2 您读亦舒有多久：

3 最喜欢的亦舒作品：

4 喜欢亦舒的原因：

5 最爱亦舒的一句话：

6 您从何处得知本书消息：□书店 □网络 □报纸 □杂志

□他人推荐 □其他

7 购买方式：(1)书店： 省 市 书店

(2)网上购物： 网

(3)其他：

8 您的建议：

## 流金岁月系列

同期出版：

《你的素心》《有时他们回家》《流金岁月》

《禁足》《爱情慢慢杀死你》

即将出版：

《地尽头》《画皮》《不易居》《吻所有女孩》

《一个复杂故事》《艳阳天》《曾经深爱过》

**北京和元文化传播有限责任公司**
电话：010-84064770
E-mail：hongshufang@vip.sina.com
地址：北京市东城区史家胡同甲24号中国妇女出版社410室
邮编：100010

# 各地经销商

|  |  |
| --- | --- |
| 北京鹏飞一力 | 010-85363980 |
| 北京林翰苑 | 010-65032622 |
| 北京现代图书 | 010-65934371 |
| 北京一恒盛辉 | 010-65918802 |
| 南京大众书局 | 025-86961284 |
| 南京万博书店 | 025-83329667 |
| 杭州朗巢书店 | 0571-88256050 |
| 杭州虫二书店 | 0571-88256110 |
| 杭州培之雨书店 | 0571-88256109 |
| 宁波新世界 | 0574-87660236 |
| 上海天地新书总汇 | 021-64150238 |
| 上海文庙书屋 | 021-63765212 |
| 上海雪鸿 | 021-51251700 |
| 上海镜湖 | 021-51251990 |
| 陕西安人文化 | 029-87453789 |
| 陕西天地和合 | 029-86299651 |
| 兰州金陇书店 | 0931-8519022 |
| 新疆千页书店 | 0991-5587773 |
| 新疆鑫亚飞书店 | 0991-5588303 |
| 哈尔滨精华书店 | 0451-88341863 |
| 哈尔滨求实书店 | 0451-87800460 |
| 哈尔滨金天鹅书店 | 0451-88341846 |
| 长春新陆桥 | 0431-82728299 |
| 吉林文苑 | 0432-62561500 |
| 大庆名义 | 0459-5816637 |
| 沈阳金秋 | 024-23913598 |
| 沈阳华侨书店 | 024-23880060 |
| 沈阳都市 | 024-23912058 |
| 大连文化图书 | 0411-84522195 |
| 大连双卿 | 0411-84522125 |
| 福州远景 | 0591-83317198 |
| 厦门天项 | 0592-5807396 |
| 广东畅新图书 | 020-38207441 |
| 广东虹润 | 020-34286295 |
| 广州朝阳 | 020-34286630 |
| 深圳久美 | 0755-82421665 |
| 深圳扬帆 | 0755-25023505 |
| 南宁三希堂书店 | 0771-4394149 |
| 南昌佳丰书社 | 0791-8592670 |
| 四川星洋 | 028-66585641 |
| 武汉华龙 | 027-85578991 |
| 长沙连胜 | 0731-82221038 |
| 长沙叶洋 | 0731-84436112 |
| 昆明新知 | 0871-6300609 |
| 昆明经济 | 0871-4184656 |
| 贵阳思博 | 0851-5983003 |
| 贵州西西弗 | 0851-5809263 |
| 重庆聚知 | 023-63862312 |
| 郑州学友 | 0371-67647323 |
| 郑州新文 | 0371-66826465 |
| 石家庄秋林书城 | 0311-83038090 |
| 天津汇源 | 022-27697599 |
| 天津新星 | 022-27694843 |
| 济南联合 | 0531-82052662 |
| 潍坊京广书城 | 0536-8502636 |
| 青岛柏舟 | 0532-83847970 |
| 淄博汇文 | 0533-6283115 |
| 合肥新腾 | 0551-4230598 |
| 太原伯乐玛 | 0351-7075987 |
| 太原新视野 | 0351-7189479 |